最恐顔の国王は元奴隷を花嫁にしたい！

Riku Asaka
朝香りく

CHARADE BUNKO

Illustration

みずかねりょう

CONTENTS

（うわあ、頭から足まで全部びしょ濡《ぬ》れ！　髪も服も、まとめて全部洗えそう！）

叩《たた》きつけるような土砂降りの雨の中。

カレンは細い両腕に、豆の入った重たい樽《たる》をしっかり抱え、倉庫から厨《ちゆう》房《ぼう》に続く屋敷の裏口へと運んでいた。

よいしょ、と地面に置いてから、乾いた藁《わら》でごしごしと樽の回りをよく拭う。

けれど自分は水から上がったような状態のまま、再び倉庫へ向かって駆けだした。

（雨の勢いで、前がよく見えないや）

それでも豆の樽運びは、八回やれば終わりだ。

この天候では今日は花壇の水まきもしなくていいし、石畳の掃除もしなくていい。

（放っておいても木や花が喜ぶんだから、雨に感謝だ。それに普通に掃除するより石畳も綺《き》麗《れい》になりそうだし。……ということは、その分の時間をつくろいものに使えるぞ！）

今日の一日という時間を、無駄なく働いて過ごせそうだと考えて、カレンは新たに豆の樽を抱えてにっこりと笑った。

手足も服も泥まみれで雨に濡れ、素足に履いている古い革靴は、つま先に穴が開いている。

そしてその靴が一歩前に踏み出すたびに、カシャンカシャンと足首に繋《つな》がれた鎖と重りが嫌な音をたてた。

カレンには、自由がない。

母親は、生まれたときに亡くなった。そして十歳のころに大工の父親が怪我をし、薬代のために自ら奴隷となって、八年の月日が過ぎている。

父親は、五年前に死んだという便りが、当時住んでいた町の隣人から届いた。

この屋敷の主、金貸しの富豪であるオクターブの屋敷に奴隷商人を介して売られてからは、家庭菜園の世話、厨房の掃除や水汲《みずく》みに荷運びの手伝い、馬小屋の掃除、馬の世話、庭の手入れと掃除、煙突掃除など一日中働きづめの暮らしをしている。

しかしカレンは、ここでの暮らしに不満はなかった。

過酷な労働ではあるが一日に二回も、雑穀パンを食べさせてもらえるのだ。

週末の夕飯には、それに豆のスープもつく。

父親と暮らしていた時には、野菜の切れ端を煮た塩のスープととうもろこしの粉で作ったパンを、一日に一度しか食べられなかった。

馬も大好きだし、働くことに抵抗はない。ただ華奢《きやしや》なので体力があまりないのが難点だ。

だからカレンにとって、自分の四分の一ほどもありそうな重さの樽を運ぶのは、なかなか難儀なことだった。

土砂降りの雨の中、四つ目の樽を持ち上げようとしたところで、屋敷を囲む石壁の向こうから、ゴロゴロと雷のような音をたてて大きな馬車がやってきた。

次いで、馬のいななきも聞こえてくる。

（お客さんが来たみたいだな）

カレンは濡れてぺったりと顔に張りついた前髪を、折れそうに細い指でかき上げた。

オクターブ家の屋敷には、時々、貴族も金を借りにくる。

だから大きな馬車が乗りつけても、さほど珍しいことではなかった。

カレンは馬車のことは気にしないようにして、樽運びに集中することにする。

力仕事をしている際の油断は、大きな怪我《けが》に繋がることもあるからだ。

ここでは怪我をしてもろくな治療は受けさせてもらえないし、働けない間は食事を抜かれてしまうこともある。

油断大敵、とカレンは心の中で自分に言うと、黙々とまた豆の樽を運び始める。

「おい、カレン！　ちょっと来な！」

八回目の樽運びを終えた途端、厨房の窓から声をかけられた。

いつもカレンたちを監督している使用人頭の、でっぷり太ったドルフという男が丸い顔を出す。

「豆の樽は全部運び終わったのか？」

「はい。今、ちょうど」

「そりゃよかった。……オクターブさんがお呼びだ。客がお前に用があるらしいから、顔の泥だけでも拭って居間に行きな」

「俺にお客ですって？　それに……居間？　俺が入っていいんですか？」

カレンはびっくりして尋ねる。

屋敷の居間など、八年間ここで仕事をしていて、一度も入ったことがないからだ。

小綺麗にしている小間使いたちは掃除や給仕で出入りするが、カレンたち下働きの者にとっては、立ち入り禁止の場所だった。

ドルフはめんどうくさそうに、顔を歪《ゆが》める。

「お客が誰かは知らねえが、どうやら大層なお偉方らしい。オクターブさんが、丁重にもてなしていたからな。二階の一番奥の部屋だ。さっさと行きな」

はい、とカレンは素直にうなずいて、服の袖で顔を拭った。

もちろんその袖も汚れているので、綺麗になるわけはないのだが。

（いったいなにがあったんだろう。怒られるようなことをしたかな。なにか悪いことじゃないといいなあ……。あれ？）

考えながら裏口に向かったカレンの目に、裏庭の藪《やぶ》の中でぐったりしている、同じ奴隷の身である少年の姿が目に入った。

買われてきたばかりの子で、おそらく自分より年下だ。

カレンは急いで走っていくと、空腹に耐えられなくなった時のためにと、懐に忍ばせていた硬いパンの一切れを取り出した。

さあ、と差し出すと少年はうつろな目でパンを見て、いいの？　という顔をする。

「見つからないうちに、早く」

短く言ってカレンはパンを渡すと、急いで再び裏口へ向かった。

厨房を抜けて階段を上がり、趣味の悪い裸婦の彫像や、けばけばしい彩色の壺《つぼ》が並べて設置され、ごてごてとした装飾の廊下を進む。

すれ違う小間使いや店員たちが、なんで下働きの奴隷ごときがこんなところにいるんだ、という顔でこちらを見ていた。

カレンは背中に突き刺さる視線を感じつつ、なるべく小さくなって屋敷の隅を速足で歩いていく。

やがて四隅に金の縁取りのついた扉の前に来ると、カレンは一つ大きく息を吐いてから、恐る恐るノックした。

入れ、というオクターブの声に扉を開くと、立ったまましきりと汗を拭いているオクターブと、フードつきのマントを着たままソファでくつろぐ、異様なまでの迫力と存在感を放つ大柄な男が視界に入る。

「──失礼します。お呼びと聞いて、うかがいました」

「おお、カレン。こっちだ、こっちに座れ」

オクターブは絹の上履きに、裾の長い派手な柄の織物の上着をまとっているのだが、ちょび髭《ひげ》の生えた貧相な顔つきに、それはちっとも似合っていなかった。

陰険な光をたたえた細い目が、なぜか今日は媚《こ》びるように眦《まなじり》を下げている。

「ええと、あの。入っていいんですか。……失礼します」

廊下と同じく趣味の悪い、けれど金のかかった装飾品で飾られた室内に、万が一にも奴隷が入りこんだりしたら大変な折檻《せっかん》をされることを、八年も働いているカレンは知っていた。

しかしオクターブは、気持ちの悪いほどの猫なで声で言う。

「入れ入れ。さあ、そこに座りなさい。……いかがですかな、旦那様」

「……ずぶ濡れだな。拭いてやれ」

低い美声が、座っている男の唇から漏れた。

はいっ、と打たれたようにオクターブは飛んでいき、自ら布を持って戻ってくる。

無骨な手でごしごしと髪と身体《からだ》を拭かれながら、カレンはきょとんとして、目の前の男をじっと見つめた。

年のころは、三十歳前後だろうか。フードをかぶっていても、銀髪に縁取られた顔が、まるで男神の彫像のように男らしく整って美しいことがわかる。その濃い緑色の目は鋭く光り、頰も唇も意思の強さを示すかのように引き締まっている。

見た目は優れていても、凄《すご》く怖そうな人、というのが第一印象だった。

身体を包むフードつきのマントはゆったりとしていたが、肩幅が広く胸板が分厚く、手足がすらりと長いことがわかる。

同じ男としてこんなにまで違うのだろうか、とカレンは思わず貧相な容貌の、オクタープと見比べてしまう。

(それにしても、どうしちゃったんだろう、オクタープさん。俺の髪を拭いてくれるなんて。いつもなら、触ることすら汚いと言って嫌がるのに)

不思議に思いながらも抵抗せずにいると、目の前の男がふいに声を発し、カレンはびくっと驚き身体が跳ねた。

「お前。名は、カレンだと聞いた。年は」

「はい、十八歳になります」

きびきびとカレンが答えると、男は重々しくうなずいた。

「そうか。私はルフィウス。これからよろしく頼む」

「——あの。……これから、よろしくとは……どういうことでしょうか」

事態が飲み込めないカレンの頭を、オクタープが拳で軽くこづいた。

「こちらのお方にお前を売るってこったよ。ものわかりが悪いオツムだな」

その瞬間、ガタッと音を立ててルフィウスと名乗った男が立ち上がった。

長身から見下ろしてくるその迫力は凄《すさ》まじく、思わずカレンは息をのむ。

「なにをするか、貴様！　すでにカレンは私のもの、軽々しく扱えばただでは済まさぬ！」

ビンと腹に響く怒声に、ひいっ、と叫んでオクタープは床に這《は》いつくばった。

「お、お許しを、どうか、お慈悲を」

この八年間、威張ってふんぞり返っているオクタープしか見たことがなかったカレンは、この光景に目を丸くしていた。

(すでに私のもの、って……俺のこと？　オクタープさんがこの怖そうな人に、俺を売ったっていうことか)

誰に買われても、自由がないことには変わりがない。けれど、オクタープのこの怯《おび》えようは気になった。

いったい何者だろう、と思いながらカレンは男のことをまじまじと見る。

「……カレン。お前はこれから、私の屋敷に来てもらう」

ルフィウスは視線を、窓に移す。

「そろそろ、雨は小やみになったな。出立したいが、支度にはどれほどかかる」

有無を言わさない声だった。

いずれにしてもカレンには、売られるのも買われるのも、拒む術《すべ》はない。

「支度は、なにもありません。……でも……馬たちに別れを告げてきてもいいでしょうか」

「なんだと。馬？」

「はい。八年間、世話をしてきた馬たちなので。出産を手伝って生まれた仔馬《こうま》もいるんです」

本当は、馬だけではない。カレンは同じ奴隷の境遇でここで働く、自分よりも幼い子供たちが気になっていた。

馬ももちろん可愛《かわい》がっていたのだが、それにかこつけて彼らに会い、こっそり自分が溜《た》めたわずかな木の実や乾《ほ》し果実など、保存食の隠し場所を教えたかったのだ。

だが食料を隠すことはもちろん、奴隷同士で無駄話をすることは禁止されていたため、オクタープの前では口にできなかった。

そんなこととは知らないルフィウスは、厳しい表情のまま、ぼそっと言う。

「では、その馬たちも貰《もら》おう。亭主、いくらだ」

えっ、と顔を上げたオクタープは、驚きと喜びの入り混じった、複雑な表情をしている。

「あ、あのう、馬……たちと申しますと、何頭でございますか」

「どうも貴様のオツムは、ものわかりが悪いようだな。決まっているだろう」

ルフィウスは氷のように冷たい視線を、フードの陰からオクターブに向けた。

「全部だ」

言い放ち、呆然《ぼうぜん》としているカレンに言う。

「これで別れを告げる必要はなくなったな。すぐに出立するぞ」

「は……はい」

ルフィウスはさっと身をひるがえし、部屋を出ていこうとする。

カレンは突然の展開に、まだ頭がついていかなかったのだが、慌ててその広い背中を追いかけるしかなかった。


ルフィウスの馬車は、音を聞いて想像していた以上に、大きく立派なものだった。

すべてが黒塗りで、扉には黄金で紋章が打ち出されており、銀で縁取られた模様も磨きこまれて輝いている。

「あの。こ、ここに、座って、いいんでしょうか」

カレンが尋ねたのは馬車の座席が美しいビロード張りで、自分のボロボロの服で腰掛けたら、汚れてしまうと思ったからだ。

正面に座ったルフィウスは、相変わらずいかめしい、なにかの試練に直面しているような顔でうなずいた。

「ああ。座るための座席だ」

そんなことはわかっているけれど、と遠慮がちに、腰を下ろした座席は、こんなものがこの世にあるのだろうかと思うくらいふかふかしている。

カレンの身体はベッドも椅子も、硬い板でできているものしか知らなかった。

馬車の内装も華やかだし、動き出した窓からの外の景色もカレンにとっては珍しい。

とまどいつつも夢中になって眺め、ハッと視線に気がついてルフィウスに目を向けた。

「ごっ、ごめんなさい。つい、見惚《みと》れちゃって。なにかご用がありますか」

「いや。用などなにもない」

「……そ、そうですか……？」

なにを考えているのかわからない、新しい主人の顔を不思議そうに眺めていると、ルフィウスは眉間にしわを寄せた。

「なぜ自分を引き取ったのか、わけがわからない、という顔をしているな」

「はい。お許しください」

困惑するカレンに、ルフィウスはゆっくりと首を左右に振る。

「お許し、などと言うな。そのようなこと、お前には求めていない」

（えっ。じゃあ、どうするのがいいんだろ。オクタープさんのとこにいた時と同じじゃ、

駄目なのかな）

カレンが混乱していると、ルフィウスはこちらが疑問に思っていることを見透かしたように話しだした。

「……あの金貸しの家には、偶然雨宿りのつもりで入ったのだが。そこで私は窓から、お前の姿を見た。泥にまみれ、雨に濡れ、折れそうな細い腕で樽を抱えていたお前は、なぜか生き生きとした瞳をしていた。それがとても……そう、印象的だった」

ルフィウスはマントを脱ぎ、改めてこちらを正面から見据える。

中に着ていたのは驚くほど立派な装束だが、オクターブのような品のないものではない。深い藍色の上着は高い襟にも袖にも、金糸で縁取りされ、見事な刺繍《ししゅう》が施されている。金ボタンには美しい絵が彫り込まれているし、滑らかそうな生地には光沢があった。

ルフィウスの顔立ちは、豪華な服に相応《ふさわ》しい威厳と美貌を有していたが、相変わらず表情は気難しそうだ。

だが意外にもその形のよい唇からは、カレンへの賞賛の言葉が次々と発せられる。

「苦しい境遇でもくじけず、自棄《やけ》にならず、溌剌《はつらつ》として働いている。その姿は、私にはとても魅力的に見えたから、その身を引き取ったのだ」

「はあ。そ、そうなんですか」

としか、カレンには答えようがない。十歳のときに奴隷になり、以来、その生き方しか知らないでいる。

そしてこのルフィウスという男のもとに行っても、同様の暮らしが始まるだけだろう。そんなふうに考えていた。

「だが、カレン。私はお前に、奴隷労働というものは求めない。私のもとに来たからには、まったく違う生き方をしてもらうことになる」

（ええと。困ったな、ちっともわからないぞ。……どういう意味だろう。この人、なにを言ってるんだろう）

返答に困り、カレンは視線をさまよわせ口をつぐんでしまう。

そんなカレンの様子にルフィウスは、思ってもみないことを言い出した。

「まだ事情が飲み込めていないようだな。無理もない。……改めて挨拶しよう。カレン。私の名は、ルフィウス・アルデラ・デイドロス十三世。現在この国を統治している、国王だ」

「……え。あ。……ああー……そ、そうですか、なるほど……」

大変だあ！　とカレンは内心焦っていた。

どうやら自分は、頭のおかしな男に買われてしまったらしい。

もしかしたら国王陛下の肖像画、というものが存在しているのかもしれないが、オクタープの家にないものはカレンは知らないし、見比べるまでもなくそんな凄い人物が、自分と関わることなどあり得ない。

ここでなにをバカなことを言っているのか、つまらない冗談だ、などと本音を言ったら逆上して暴力を振るわれるかもしれない。

自分を国王だなどと名乗る男に、まともな人間がいるはずがないからだ。

隙を見て逃げ出さなくては、と考えながら、カレンは作り笑いを浮かべた。

「こ……光栄です。その。王様に会ったのは初めてなので、びっくりしちゃいました！」

「驚かせたなら、すまない。これからよろしく頼む」

「は、はい。こちらこそ、よろしくです」

話を合わせて言ったものの、いったいなにがどうよろしくなのか、カレンにはさっぱりわからなかった。

（どうしよう。変な人にどこかへ連れていかれるみたいだ。オクターブさん、だまされたのかな。馬車といい身なりといい、お金持ちなのは間違いないと思うけど、凄く怖そうな人だし。ちゃんとした仕事をさせてくれるのかな）

だが、そんなカレンの心配は、間もなくすべて解消された。

というのも馬車は城下町の中心を突っ切ると、王宮広場の前を通り、堀に沿って城の横側へと走っていく。

そして堀にかかったひとつ、正面ではなく向かって西側の橋をためらいなく、カレンを乗せた馬車は渡ったのだ。

(えっ……えっ、大きな鉄の門が……開いちゃった！　は、入っていく。この馬車、お城の中に入っちゃってる！　門番の人たち、どうして止めないの？)

こぼれ落ちそうなほどに目を見開き、きょろきょろしているカレンを、ルフィウスは無言で見つめていた。

間もなく馬車が停《と》まって扉が開くと彼は先に自分が下り、恭しくこちらに手を差し伸べてくる。

「カレン。我が家へよく来た」

「はっ……我が家って、えっ……あのっ……」

ちょっとやそっとのことでは動じないカレンだったが、さすがにぷるぷると震えながら、ルフィウスの大きな手にそっと触れた。

ぐい、とルフィウスは力強くその手をとり、抱えるようにしてカレンを馬車から降ろしてくれる。

城内に降り立ったカレンは、思わず目の前にそびえたつ城を見つめた。

それは見上げているとひっくり返ってしまうほどに壮大で、重厚で、豪華な建造物だった。

そして、カレンの右手をそっと握るルフィウスは、その城に負けないほどの迫力と存在感を放っている。

（ルフィウス・アルデラ・デイドロス十三世……。ほっ、本物の国王陛下……！）

カレンは夢ではないかと思ったが、頬を撫《な》でる風の冷たさが、これは現実なのだと教えていた。

◆◆◆

ルフィウスが、金貸しの富豪であるオクターブ家の屋敷を訪れたのは、雨脚の強さに馬が怯えたからだった。

雨宿りに適当な場所がなく、近くにあった一番大きな屋敷がそこだったのだ。

裕福な商人の家らしく、調度品も内装も豪華だったが、いずれも悪趣味なまでに派手だった。

ただ、出された茶は旨《うま》かったので褒美として銀貨の入った革袋を渡すと、主人はそこまでしなくとも、というくらいにへりくだった態度をとった。

もちろん国王だとは名乗らなかったし、お忍びでの外出だったので従者も少なく、馬車も馬も王家が使用する正式なものではなかった。しかしすべてが上等なものだったので、大貴族だと判断したのだろう。

肖像画は市中に出回っているものの、華やかな正装をして髪も整え、画家が手を入れて必要以上に神々しく美化したものだと、かなり印象が違っている。

さらにフードを深くかぶっているので、まさか国王が先ぶれもなしに街中にいるなどありえないという気持ちも働くのか、気づかれることはまずなかった。

浴びるようなお世辞と社交辞令にうんざりして、ルフィウスがぼんやりと窓の外を見ていたそのとき、ひとりの少年が目に入った。

(……足に、重りのついた鎖。……奴隷か)

痛々しいほどに細いその体は、雨をよける術さえなくずぶ濡れだった。

昨今の風潮では、鎖の重りは労働に支障がない程度に軽量化されているという。

ただし、その鎖は生半可な力では切れないし、重りには主人の名前が刻まれているため、逃げ出してもすぐに奴隷とバレて売られた先に返されることになっている。

もちろん、そうなると厳しい折檻が待っていた。

(——哀れな。なんと痛ましい。まだ子供ではないか)

ルフィウスは胸が締めつけられるように感じ、その少年を見つめていた。

(……なんと。唇に、笑みが浮かんでいる……?)

なぜだ、という猛烈な疑問と好奇心が、ルフィウスの心に巻き起こった。

雨の中、小さな唇に浮かんでいるのは自嘲や皮肉の笑みではない。

目には溌剌とした生気が満ちているし、身体の動きもきびきびと敏速だ。

（自由を奪われ、労働を強いられ、なぜあんなふうでいられるのか。……よほど心根が美しいのに違いない。飽食と豪奢《ごうしゃ》な生活に淀《よど》んだ貴族どもに比べ、なんという清々《すがすが》しさだろう。眩《まぶ》しいほどに尊く思える）

ルフィウスはすっかり感心すると同時に、激しく少年に惹《ひ》かれてしまった。

（なんだこの、わくわくと期待に震えるような感覚は。顔が熱い。胸の鼓動がどんどん激しくなっていく）

「……でございまして、当方には借金のかたに差し押さえました美術品が山ほどございます。お値打ちのものばかりでございますのでぜひとも……」

まったく内容は聞いていなかったが、延々と夢中で話すオクタープの声を遮り、ルフィウスは言う。

「――主人。あの奴隷を譲って欲しい」

厳かな声で告げると、オクタープは目を丸くした。

「は？　あの奴隷とは……ああ、豆の樽を運んでいるのはカレンでございますな。しかし、あのような非力で見栄えの悪いもので、よろしいのでしょうか？　年も十八歳と、そここいっておりますし。我が屋敷内には、もっと美しくなりそうな幼い少年、娼館《しょうかん》に出す予定の美少女などもおりますが」

十八歳か、とルフィウスは少し驚いていた。てっきり少年とばかり思っていたが、あまり栄養状態がよくないから小柄なのだろう。

「私はあの奴隷、と言ったのだ。聞こえなかったか」

静かに、しかし強い命令口調で言うと、オクタープは直立不動の姿勢になり、焦りからか妙な口調で言った。

「はっ、ただいま、すぐに呼びますです！」

オクタープが使用人に命じている間、ルフィウスは再び窓の外に目をやり眺めた。

すると少年は、呼ばれて雨の中を走り出したが、ふいに方向を変えた。

（どうした、なにか見つけたようだが。向かった先の庭の茂みにいるのは……別の奴隷か。なにか渡しているな）

間もなく呼ばれた少年が庭から姿を消すと、残された奴隷は渡されたものに夢中でかぶりついているようだ。

別の奴隷に自分の食べものを渡したのだ、と察した瞬間、ルフィウスは雷に打たれたような衝撃を受けた。

（あのように痩せ細り、自分が食べるだけで精一杯のはずだろうに……！　他人にそれを分け与える心の余裕があるとは、なんと優しい慈悲の心の持ち主なのだ！　財を寄付しろ、すれば神の恩恵が受けられるなどと唱える教会の大司祭より、よほど人の道を理解してい

るではないか)

そうした者たちから陳情や説法を聞くことに、ルフィウスはうんざりして疲れてしまっていた。

考えるほどに、ルフィウスはまだ間近で顔を見てもいない、か細く泥で汚れた奴隷に、心を奪われていくのを感じる。

あのような稀有《けう》な魂の持ち主を、とてもではないが放っておけない。

できることならば宝玉のように懐に入れ、大切に愛《め》でたい。

そしてカレンと対面し、一言二言会話を交わすと、その謙虚さも必要以上に卑屈にならない態度も、さらに好ましいと感じられた。

ただし顔は表情もよくわからないくらい、泥と埃《ほこり》、雨と汗でまだらに汚れ、くすんだ茶色の髪はところどころ束になって固まっている。

容姿に関しては、決して褒められたものではない。

だというのに着飾った貴族の美男美女、名だたる英雄や美姫を嫌というほど見てきたルフィウスが、こんなふうに激しく動揺し、胸ときめく経験をしたことは、文字通り生まれて初めてのことだった。

カレンの主人はたった金貨三枚で、ルフィウスの取引に応じた。

馬車の中で間近で見るカレンは、思っていたよりさらに瘦せており、小柄な体軀《たいく》に驚く。肩も顎も細すぎて、尖《とが》って見えた。

（こんな身体で、先刻まで働いていたというのか。今にも折れてしまいそうではないか）

いつ栄養失調で倒れてもおかしくないように感じ、ただでさえ黙っていると怖いと言われる顔が、心配のあまりさらに険しいものになっていた。

そのため城に到着するや否や、急いで足の鎖を外してやり、まずは手と足だけ綺麗に洗わせて、急いで滋養のあるものを用意することにする。

しかし場所は、ルフィウスの自室ではない。

いきなり王宮の国王の居室では落ち着かないだろうと考え、賓客用の小部屋に通して食事をさせ、その間にカレンの部屋の支度をさせることにした。

だがカレンにとってはこの小さな部屋でさえ、別世界のように感じたらしい。

「な、なんだかのものすごいお部屋で、きらきらして、眩しいくらいです。それにあの……馬車よりも、もっと綺麗な椅子ですけれど。俺が座って、本当にいいんでしょうか。泥もついてるし、ずっと洗っていないし……」

くるくると周囲を見回して、少し興奮気味なのか、頬を赤くしてそんなことを尋ねてくる。

（か……可愛い！　いたいけな小動物のようだ……！）

テーブルを挟んで正面に座ったルフィウスは、そんなことを考えつつ真面目《まじめ》な顔で言う。

「なにも気にすることはない。それよりこれから、料理が運ばれてくる。心ゆくまで、食べるがいい」

するとカレンは、不思議そうに首をかしげる。

「朝ご飯は、もう食べましたが」

「だが、そろそろ夕方近いだろう」

するとカレンは、気まずそうに俯《うつむ》いて言う。

「いえ。あの……わがままを言って悪いのですが……つまりその。夕飯はもっと遅くに食べないと、お腹《なか》が空《す》いて眠れないんです」

どうやらカレンはこれまで、昼食というものを食べない生活をしていたらしい。

「夜は夜で、また食事が出る」

ルフィウスが言うと、えっ、と心底驚いた顔をする。

「今食べて、また夜にも食べていいんですか？」

「……もちろんだ。いつもはどのようなものを食べていた。今朝は？」

あまりに細い手足が気になって尋ねると、カレンは恥ずかしそうに答えた。

「いつも雑穀パンをひとつ。ただ、少し取っておいて後で食べることがあるので、パンを半分……でも週末には、スープがつくんです！　それに、菜園の仕事をしたときにはもらっていいことになっている、芋の蔓《つる》を食べられました」

当たり前のことのように、淡々とカレンは言う。

「芋の……蔓だと！」

そんなもので腹を満たしていたのか、とルフィウスは大いに驚き胸を痛め、つい声が大きくなってしまったのだが、カレンは怯えた顔をする。

「は、はい。すみません……」

「謝ることはない」

ルフィウスはそっと胸に手を当て、気を落ち着ける。

気持ちがたかぶったとき、それがたとえ喜びの感情であったとしても、表面に出さないよう自制すると、自分の顔が鬼のような形相になることをルフィウスは自覚していた。

そのとき扉がノックされ、小姓たちが料理の載ったワゴンを押して入ってきた。

華奢な車のついた白いワゴンには、壺に入ったシチュー、とろとろになるまで煮込んだ肉料理、焼いた野菜、真っ白でかすかに甘い蒸しパン、バターを練りこんで焼いたパン、クリームを入れたパン、鶏肉《とりにく》のパイ、卵料理、たっぷりの野菜が入ったスープなどが、美《お》味《い》しそうな湯気を立てている。

カレンは呆然とした様子で、それらの料理を眺めていた。

「さあ、好きなだけ食べるといい」

ルフィウスが言っても、しばらくカレンは料理とこちらの顔を、交互に見つめるばかりだった。

「あ……あの。でも、好きなだけ、って言われても。つまり、本当にどれだけでも食べていいんだったら、全部食べたいですけど。いきなりたくさん食べると、お腹を痛くすることがある、って聞いたことがあります」

カレンは様々な料理を並べ、本格的に食事をとるということをした経験がないらしい、ということにルフィウスは気がつく。

（なんということだ！　哀れな……もっと早く出会えていたら、そのようなひもじい思いは決してさせなかったものを！）

ルフィウスは内心で叫び、両拳をぐっと握る。

「で……ではまず、消化のいいシチューから食べてはどうだ。少しずつ冷まして、ゆっくりとだ」

ルフィウスが指示すると、カレンはこちらの顔が怖いのか、びくびくしつつうなずいた。

そして壺からシチューを取り分けた深い皿から、大切そうにスプーンですくって、そっと口に入れる。

途端にその顔に、満面の笑みが浮かんだ。

だけでなく、黒目がちの大きな瞳には感激のあまりか、涙が浮かんでいる。

「──……おっ、美味しいっ……！……美味しいです、温かくて、お肉が甘くて、野菜も口の中でとろけるみたいで！」

「そうか。ならば、よかった」

胸のうちでは、あまりの愛らしさに身悶《みもだ》えていたのだが、表面上は淡々と言う。

ルフィウスは、他人に本音は悟らせない。簡単には信用しないし、心のうちは隠しておく。

それは国王の跡継ぎとして生まれ育ってきたルフィウスが、知らず知らずのうちに身につけた習性だった。

とはいえ、根はまっすぐな性格なので作り笑いや、嘘《うそ》は嫌いだ。臣下たちに愛想笑いなど見せたことはない。

そのせいもあって、国民に害をなすものは為政者側の人間であっても、苛烈なまでの断罪をしてきたルフィウスは、反国王派の貴族からは残酷王と呼ばれている。

パーティで人当たりよく振る舞うことなどもなかったし、貴族たちの顔色をうかがったこともなく、富豪の大商人からの賄賂などに目もくれない。

自分を厳しく律するうちに、自然と他人にも厳しくするようになり、国王つきの女官や小姓たちも、ルフィウスを恐れている。

そんなことなど知るはずもないカレンは、美味しい美味しいと夢中になってシチューを口に運んでいた。

（まるでまだ羽の生えきらない雛鳥《ひなどり》が、必死に餌を食べているようだ。もっと食べろ。そうだ、よく噛《か》んで、全部栄養にするのだ。……ああ、なんといじらしい！）

その様子を見るうちに、ルフィウスはどうにもたまらなくなってきた。

（他人が食事をしているだけで、こんなにまで心が満たされることがあるとは、私は想像もしたことがなかった。……胸が歓喜に震える。感動すら覚える光景だ）

冷酷にすら見える無表情を装いながら、ルフィウスは食事をしているカレンに、ほとんど見惚れてしまっていた。

しばらくの間、一心不乱にスプーンを口に運んでいたカレンだったが、途中でハッとしたように顔を上げる。

「――あの。もう、やめておきます。お腹が苦しくなってきたので……痛くなると困るから」

言いながらも名残《なごり》惜しそうに、カレンの目はテーブルの上の料理から離れない。

（しまった。また私は、悪鬼のような顔になってしまっていたのだろうか）

慌てたルフィウスは、できるだけ安心させるような声で言った。

「そ……そうか。では、腹が落ち着いたらまた食べればいい。これからはいつでもすぐに、食べたいものを食べたいだけ食べられる、と覚えておけ」

カレンは、椅子から転げ落ちそうになるほど驚いた様子で言う。

「えええええっ？　いっ、いつでも？」

「いつでもだ」

「食べたいものを食べたいだけ？」

「そうだ、いくらでも」

「夜寝る前でも？」

「朝起きた時でも、昼寝の前でもだ」

「そっ、そんなこと……だって……ぜ、贅沢《ぜいたく》すぎます……！」

本当に許されるのだろうか、というように、カレンはおどおどとこちらを見た。

「私は国王なのだと言っただろう。お前がどれほど食べようと、なんの問題もない」

言ってからルフィウスは、カレンがそんな環境にすぐに順応できなくても仕方ないくらい、幼いころから奴隷という立場に身を置いていたのだと思い至った。

「カレン。お前は何歳から、どうしてあの家で働くことになったのだ」

小姓たちに香り高いお茶を淹《い》れさせせながら、ルフィウスは尋ねる。

カレンについて、少しでも詳しく知りたかった。

「はい、それは……俺が十歳のころ、父親が怪我をしたので」

カレンはワゴンに載ったまま部屋から運ばれていく、手つかずだった料理を名残惜しそうに見送ってから言った。

「小さい時に、母親は亡くなりました。父親は大工だったんですが、町長さんの家の倉庫を増築しているときに、足場から落ちて……切り傷から悪いばい菌が入って、寝て過ごすことになりました」

あまり思い出したくないことなのだろう。

カレンは表情を曇らせたが、それでも淡々と話し続けるのは、主人に命じられたことに答えるのは当然、と考えているからかもしれなかった。

「だから、その治療と薬代のために、俺は奴隷を売り買いする商人のところへ行って、買ってください、ってお願いしたんです」

「……なんだと。自分から頼んだのか」

「はい。俺はまだ小さすぎて、庭師も厨房の仕事もなにもやれなかったので、奴隷になるしか、お金を稼ぐ方法はありませんでした」

「それでは、父親は健在なのか」

「いいえ。五年前に亡くなりました。でも、足の怪我は治っていたので、俺は俺ができることをやれて、よかったと思います」

話し終えるとカレンは小さく、ふう、と息《いと》をついた。

ルフィウスは感心して、そんなカレンを愛しさを込めた瞳で見つめる。

（なんということだ……！　自らを犠牲にして、家族を助けたとは。それもわずか十歳でだと？　まだまだ甘えたい盛りの年齢ではないか。けれど、この落ち着いた様子はどうだ。自棄になることもなく、世をすねるわけでもなく。ただ自分のやれることをやってきた、という前向きな力と自信に満ちている）

人となりを知れば知るほど、ルフィウスはカレンに惹かれていく自分を感じる。

お茶が冷めないうちに飲むよう勧めると、カレンは細い指で、遠慮がちにカップを手に取った。

「そのオクターブ家から、私はお前を引き取ったわけだが、不満はあるか。あるいは逆に、なにか希望は」

この健気《けなげ》な青年に、なんでもいいからなにかしたい。大切に愛でたい、という欲求が、ルフィウスの中で抑えきれないほどに膨らんでいく。

しかしカップを口に運びかけたカレンは、どこか悲しげな目をして微笑んだ。

「ありがとうございます。でも……別になにもありません。仕事とパンをもらえるなら、お城でもオクターブ家でも、俺にとっては同じです」

言い終えるとカレンは、お茶の芳香に驚いたようにカップに鼻を近づけた。

それから嬉しそうに、今度は心の底からの笑みを見せる。

「とてもいい香りですね！　こんな飲みもの、初めてです」

仕事とパンをもらえるなら同じ、と言い切ったカレンの笑顔を見つつ、ルフィウスはせつない思いに胸を締めつけられていた。

（こんな心根の美しい、思いやり深く優しい青年が、辛《つら》い労働に忙殺されお茶の味すら知らぬ世など、放置しておけるものか！……なんとしてでも私が、カレンを幸せにしてみせる！）

ルフィウスは改めて決心し、身を乗り出して断言する。

「カレン。私がお前を、金を出して引き取った。どうすればここで幸せに暮らせるのか、それを教えろ」

えっ、とカレンはびっくりしたらしく、慌ててカップを置いた。

「なにを言っても、罰したりはしない。ただし、嘘はつくな」

ルフィウスは熱を込めた瞳と口調で言う。

すると今までこちらの質問には、なんでも素直に答えていたカレンだが、初めて言いにくそうに口ごもる。

「でも……その。こんなこと、言っていいのか、迷っていて」

「言え。王である、私が許す」

「じゃあ、あの……言いますけど。……無理だってことは、わかってます」

カレンは慎重に言葉を選びつつ、ぽつりぽつりと答えた。

「ほ、本当は。奴隷を……やめたいです」

その言葉を聞いた瞬間、ルフィウスはハッとした。

その様子にカレンは、いけないことを口にしたと感じたらしい。

「ごめんなさい！　お金を出してくれた人に、無茶を言って。も、もちろん、ただの望みっていうだけで、叶《かな》うとは思ってません。だけど、嘘をつくなと言われたので。……買われたり、売られたりしないようになったら、それは……嬉《うれ》しいことだな、って」

なんという痛ましい願いだ、とルフィウスは唇を噛む。

（人間として売られたり買われたりしたくない。当たり前のことではないか……！）

だがそれを口に出すことさえ難しいと思ってしまうほど、カレンの半生は悲しいものだったのだろう。

カレンのいじましさと痛ましさに胸がいっぱいになりながら、ルフィウスは言った。

「カレン。……よく聞け。お前は今この瞬間から、誰の奴隷でもない」

「えっ？　どういう意味ですか」

とてもすぐには信じられないらしく、カレンは目をぱちくりさせる。

「もう奴隷ではない、と言っているのだ。だから、これは命令ではなく願いだ。……私の傍《そば》にいてくれるか」

頼む、とルフィウスは頭を下げると、給仕のために待機していた小姓たちが目を見開いた。

「そ……そんな。やめてください、国王様が俺に頭を下げるなんて！」

びっくりしたらしいカレンはしきりに首をひねって、事態を把握しようと試みる。

「ええと。その、奴隷ではない、っていうことは。じゃあ俺は、どういう理由でここにいることになるんでしょうか」

自由を喜ぶより、とまどっているカレンに、ルフィウスはこともなげに答える。

「なんでもだ。歌って遊んで暮らしてもいい。そして時々、私の相手をしろ」

「相手……と言われても、俺は学もないし……も、もちろん、こちらの庭の隅にでもおいていただけたら、とてもありがたいです。仕事をもらえたら、一生懸命働きます」

どうやら自由に暮らす、という感覚が、カレンにはまったくわからないのかもしれない。

そこでルフィウスは、さらに尋ねることにする。

「では、なにか欲しいものはないか。なんでも申しつけるがいい。お前の部屋に用意させる」

「欲しいもの……」

小さな顔を見つめながら、ルフィウスはなんでもしてやりたい思いで、カレンが欲しいものを言うのを待ち受けていた。

（馬が好きだと言っていたな。ならば牧場をやろう。服が欲しいならば、反物の山と腕のいい仕立て職人ごと。花が欲しいならば花畑をやるぞ、カレン！）

ルフィウスは、そう叫び出したいのを必死にこらえる。

カレンは俯いて考え込み、しばらくして、真剣な顔をして言った。

「そ、そうですね。たまにでも、さっきみたいなご馳走《ちそう》が食べられたら、もうそれで十分すぎます」

それだけ？　とルフィウスは拍子抜けしてしまう。

「食事だけでいいのか。宝石や、金貨もいらないと？」

「はい……。あっ。でもそうだ、働いて金貨を貰えるなら、それは貰いたいです。つまり、上手《うま》く言えないんですが……欲しいもの、じゃなくて、俺には夢があるんです」

夢。思いがけない答えに、ルフィウスは目を瞠《みは》った。

「どんな夢だ、教えてくれ」

あの悲惨な環境で、将来の夢など見られるものなのか、ぜひとも知りたい。

カレンは、少し恥ずかしそうにしながらも、ぽつりぽつりと話し出す。

「噂《うわさ》で聞いたことしか、ないんですけど。西の町には、孤児の家というのがあるんだそうです。そこでは、親のいない子供もお腹いっぱいに食事をし、読み書きを学び、辛いほどの労働をしなくていいんだそうです。そんな家を、俺も造りたい。……だ、だから、本当は絶対にいけないことなんですけれど」

言いながらカレンは、なぜかボロボロの靴を脱ぎだした。

「ルフィウス様は、もう俺は奴隷じゃないと言ってくれたので、正直にお話ししますね。……これまで、厨房の荷運びを代わりにやったり、お客さんの馬の世話など余分に働くと、駄賃を貰えることがあったんです。オクターブさんには、禁止されていたことなんですけど、その駄賃をこつこつ貯めて、やっと銀貨一枚になりました」

カレンは靴の中敷きの下に隠していた、薄汚れて黒ずんだ銀貨を取り出した。

「こうやって、少しずつお金を貯《た》めておとなになって……いつか、老人になったころでもいい。孤児たちの家を建てるのが、俺の夢なんです」

「孤児たちの、家を……」

「はい。その夢があったから、俺は仕事が大変でも、お腹が空いても、頑張って生きてこられました。それがなかったら……生きていたくないと思ったかもしれません」

しばし時が止まったように、ルフィウスはカレンを見つめてしまった。

（親のないお前が……誰にも助けてもらえなかったお前が、見ず知らずの子供たちのために、生涯をかけようとしていたというのか。満足に食わせてもらえず、その痩せ細った手足で、理不尽なまでに働かされて……）

ルフィウスは、ジンと目の奥が熱くなるのを感じた。

胸の奥に、こみ上げてくる思いがある。

カレンの方法で孤児院を建てようとしたら、おそらく一生かかっても、せいぜい土台の半分を造るのが精一杯だろう。

（だが、そんなことは問題ではない。大切なのは、その思いの強さだ。本気で人のために命と人生をかけて尽くす。……なんという尊さだ……！）

雨宿りをしつつ、一目その姿を見た時から激しく惹かれた自分の直感は、間違っていなかったのだとルフィウスは確信していた。

心の中で、カレンに対する愛情と尊敬の念が溢《あふ》れ出すルフィウスだったが、それを悟られないよう耐えている表情はかつてないほど恐ろしいものになっているらしく、小姓たちは部屋の隅に固まって、震えていたのだった。

カレンの話を聞きながらお茶を終えると、風呂に入らせ世話をするよう小姓たちに命じ、ルフィウスは公務のための部屋に入り、書類に目を通した。

そして羽根ペンを持った手を忙しく動かしつつ、王立学院時代からの盟友であり、執事にして用心棒であるライリーに、カレンとの出会いの顚末《てんまつ》を話して聞かせる。

すらりと背の高いライリーは、長い金髪を束ねた髪を肩から背中に払うと、神経質そうな細い眉を寄せた。

「そのような身元のはっきりしない青年、お傍においても大丈夫でしょうか」

「一応は調べさせるが、問題はないだろう。あの体格で間諜《かんちょう》を働くのは無理であろうし、第一私が今日オクタープの館に行ったのは、急な雷雨という偶然のためだ。はかりごとに利用するには、難しすぎる状況だからな。……それよりも」

ルフィウスはペンを置き、惚《ほ》れ惚《ぼ》れとしたように溜息《ためいき》をついた。

「あのように心美しい、人として尊敬すべき者が辛酸をなめていたとは、心苦しいばかりだ。やはり奴隷制度などというものは、一刻も早くなくさなくてはならん。カレンを通し、私の進んできた道は正しいのだと確信が持てたぞ」

きっぱり言うと、ライリーは普段は柔和な細面の顔をきりりと引き締めた。

「なるほど。私はまだその青年にあってはおりませぬが。ルフィウス様がそうまで言われるのであれば、反奴隷制度の象徴のような方になるかもしれません。丁重にもてなさねばなりませんね」

そのとおりだ、と視線を交わしたそのとき、扉がノックされた。

『公務の最中に、失礼いたします。お客様がお風呂から出たら、こちらに通すよう命じられておりましたのでお連れしました。入ってよろしいでしょうか』

小姓の声に、即座にルフィウスは応じる。

「うむ。入ってくれ」

ゆっくりと開かれた扉から入ってきたその姿を見て、大抵のことに動じないルフィウスはぎょっとしてしまった。

風呂で全身を綺麗に洗われ、上等な絹の衣類に身を包んだカレンは、別人のように美しくなっていたからだ。

枯れ枝のような色をしていた手足は、こびりついていた汚れが落ちて乳白色になり、髪は深みのある栗色《くりいろ》で、同じ色のまつ毛は濃く、長い。

それが縁取るぱっちりとした瞳は小鹿のように大きいし、きらきらとして豊かな知性と品が感じられた。

顎も鼻もちんまりと小さく、ツンと上を向いているのが愛らしい。顔には皺やシミがあると思われていたのだが、どうやらそれは埃や汚れが、幾重にもこびりついてそう見えていただけらしい。

そして唇は、淡い桃色の花びらのようだった。

ルフィウスは柄にもなく、頬がぽーっと熱くなるのを感じる。

ライリーも呆気《あっけ》にとられたように、目の前の青年を見つめていた。

「お湯を使わせてもらって、ありがとうございました。いつも雨水で洗っていたので、お湯はこんなに気持ちがいいのかと驚きました」

丁寧に言うカレンに、ルフィウスはぷるぷると拳を震わせる。

（妖精……いや、天使！　こんなに美しい生き物が、この世にいたとは！）

また恐ろしい顔になっていたらしく、カレンはびくっとしてから頭を下げる。

「す……すみません。お風呂に入ることは、許されていなかったので、汚くて」

「いや。……レモネードを」

懸命に心を落ち着けたルフィウスは、小姓に申しつけて冷たい飲みものを持ってこさせると、軽くライリーに目で合図をする。

ライリーは立ち上がり、棚から蒸留酒とグラスを運んできて、ルフィウスの前に置いた。

「では、本日の公務はここまでということにいたしましょう。……さて、陛下の新しいご友人。間に合わせですが、当座のお部屋は、私が用意させてもらいました。後で小姓に案内させます」

「はい、ありがとうございます」

カレンはライリーにも礼を言い、ぺこりと頭を下げる。

やがて飲みものが小さなテーブルに置かれ、ライリーが退室していくのをじっと見守ったカレンは、グラスを手にしようとしたルフィウスの机の前にやってくる。

「国王様。恐れながら、お話があります」

なんだ、とルフィウスは威厳を持って応じたが、その愛らしさに心臓がとろけてしまいそうだと感じていた。

「……話はいいが、その前に、お前に申しつけることがある」

「は、はい。なんでしょう」

「今後は国王様などという呼び方は禁止だ。ルフィウスと、名前を呼べ」

え、とカレンは言葉に詰まったが、意を決したように口を開いた。

「は、はい。では、ルフィウス様」

「様もつけるな。呼び捨てにしろ」

ええっ、とカレンはさらに驚いて、しばらくとまどっていた。

（いいのだ、カレン。ぜひ私を呼び捨てにしてくれ。して欲しいのだ！　頼む！　本当は、敬語すら距離を感じて悲しいくらいなのだぞ！）

心の叫びが伝わったかのように、カレンはおずおずと口を開く。

「では……その、ル……ルフィウス。お、俺はお湯に浸かり、身体を綺麗にしていただきながら考えたんですけど」

名前を呼ばれ、きゅんとしたルフィウスの内心に気づくはずもなく、カレンは続けた。

「もう奴隷をやめてよい、好きなことをしていい、という好意にはすごく感謝しています。なぜそんなにまで、と不思議に思いましたけど、偉い人のお考えは、俺のような者にはわかりません。ただ……俺は確かに、奴隷から解放されたかったです。それは本当なんですが……」

「なにか不満か？　まさか奴隷に戻りたい、などと言うのではないだろうな？」

尋ねると、カレンは細い首を左右に振る。

さらさらと前髪が揺れ、それすらルフィウスには綺麗だと思えてしまった。

カレンは俯きがちに、しかししっかりとした声で続ける。

「奴隷でいるのは悲しいことでも、労働の報酬としてお金を受け取ったんですから、筋は通っていたと思うんです。でも、今の俺にはなにも支払えません。よいことをしていただくばかりでは、公平じゃないと思います」

カレンはついと顔を上げ、きらめく大きな瞳でまっすぐにルフィウスを見た。

「俺は、物乞いじゃないんです」

「カレン……」

ルフィウスは思わず、言葉を失った。

（なんと尊い！　自由のない暮らしの中でも、カレンは人としての誇りを失っていない！その心には自立心、自尊心が育っているのだ！）

国王である自分とすら、人として対等であろうとしている。自分はまだまだこの青年を、見くびっていたのだとルフィウスは知った。

「だが、それではどうしたい」

感動に打ち震えながら問うと、カレンは恐縮した様子で言う。

「俺には、なにも差し上げられるものはないですが。……身体なら、与えられます。そうしていた女性を、オクタープ家で見てきました。だから俺にだって、きっとできます」

なに、とルフィウスは目を見開いた。

「私の夜伽《よとぎ》をすると言うのか」

カレンはなにを思ったのか、申し訳なさそうな顔になる。

「は、はい。もっとふっくらとした柔らかい、腕に抱くと気持ちのいい身体であればよかったんですが。でも必要としてもらえるなら、精一杯、頑張ります」

まるで、薪《まき》割りを頑張ると言っているかのように、澄んだ瞳でカレンは言う。

(うわあああああ！　なんだこの愛らしさは！　私を可愛らしさで殺す気か！　そうなのか、暗殺者なのかお前は！)

もちろん、そんなはずがないことはわかりきっている。

ルフィウスは奥歯をぐっと噛みしめ、恐ろしい形相で、暴走しそうな自身を抑えた。

「い、いや。そのような淫《みだ》らなこと……私はお前に望んではいない」

おそらく何も知らないであろう、表情にあどけなさの残るカレンを気遣って、断腸の思いでルフィウスは断りの言葉を口にした。

ところがカレンは、たちまちしゅんとしてしまう。

「……そうですか……。俺ができる、たったひとつのことだと思ったのに……だけど、そうですよね。こんな魅力のない身体で、自惚《うぬぼ》れたことを言ってしまいました」

「それは違うぞ！」

吠《ほ》えるように、ルフィウスは否定した。とんでもない誤解だったからだ。大声にびくっとしたカレンだったが、必死に食い下がる。

「違うのなら、お願いします！　俺、一生懸命やってみます！」

真剣な目で、カレンはなおも懇願する。

（私は……カレンを慈しみたいと思っている。軽々しく夜伽の相手をさせようなどと、考えてはいなかった。だが……このこみ上げてくる愛おしさと渇望は、どうにもならん。眺めて愛でるだけなど無理だ……！）

ルフィウスは深く息をついて気を落ち着かせ、低い美声で告げた。

「本当に……それでいいのだな？」

「はい。それで少しは、ルフィウス様にお礼ができるなら」

きっぱりとうなずいたカレンは、小さな花のように見えた。

ルフィウスは寝室の、巨大な天蓋のついたベッドにカレンを横たえると、カレンはしばらく目を丸くしていた。

「すっ、すごいです。ふかふかして、いい匂いがして、なにもかもが綺麗で……なんだか天国の、雲の上にいるようです！」

大きな枕を背に身体を半分起こして腕を組み、その言葉を聞いていたルフィウスは、雲の上という発想を微笑《ほほえ》ましいと感じたが、カレンはこれまで柔らかなベッドなどと縁がなかったのだろう、と思い直した。

横たわっていたカレンは言葉を切ると、ベッドから一度下り、夜着を脱ぎ始める。

「……じゃあ、始めます！」

マッサージでもするかのような言葉に、ルフィウスは反応に困ったが、できるだけカレンのペースに合わせることにした。

(しかしこの様子では、おそらくカレンは他人と肌を合わせたことなどないに違いない。……むろん丁寧に扱うつもりだが、大丈夫なのだろうか)

カレンはてきぱきと衣類を脱いで一糸まとわぬ姿になると、ベッドに上ってルフィウスの部屋着に手をかける。

「失礼します」

きちんと断ってガウンのサッシュを外し、ルフィウスのたくましい体躯を露《あら》わにしていった。

そうして互いに全裸になったものの、思っていた通りカレンは次にどうすればいいのか、わかっていないらしい。

それならば、とルフィウスが手を伸ばしてそっとその身体を抱き寄せると、かすかに震えているのがわかる。

「……カレン。なにも知らないのだろう？　嫌ならやめていいのだぞ」

本当は、今にも暴走してカレンを奪いたい衝動にかられていたルフィウスだが、そんな自分を必死に抑えて言った。

けれどカレンは、健気に首を振る。

「いっ……嫌じゃないです！　ただ、不慣れなので、申し訳ありません」

「謝ったりなど、するな」

愛しさを抑えきれず、腕の中の華奢な身体を抱きしめると、不器用に恐る恐るカレンは腕を腰の辺りに回してきた。

（可愛い！　悶絶するほどに可愛い。しかし、ここで理性を失《な》くしてはいかん！　落ち着くのだ、ルフィウス・アルデラ・デイドロス十三世。カレンはおそらく、情熱的な欲求から自然とそうしているのではなく、夜伽とはこうするべきだ、と考えて手を動かしているのだ）

そうは思っていても肌と肌が密着し、吐息が間近で聞こえると、ルフィウスはどうしようもなく細い身体に欲情してしまう。

それでも乱暴にすることだけは避けようと、全力で自身を制御しながら言った。

「……カレン。出会って間もないというのに、信じられないかもしれないが。私はお前を、大事にしたいと思っている」

「ルフィウス様……？　あっ、様をつけたら、いけないんだった」

「上を向け。目を閉じて、じっとしていろ」

言って小さな唇に唇を重ねると、カレンの身体はびくっとした。

どうやら、口づけなど初めてのことだったのだろう。

初々しいカレンの反応ひとつひとつが、ルフィウスを歓喜させる。

「んっ、んん……っ、んむ」

「口を、開け」

一瞬だけ唇を離して囁《ささや》くと、素直にカレンはルフィウスの舌を受け入れた。

口腔を探り、歯列をなぞると、どんどん腕の中の身体は熱くなっていく。

「んう、う……ん、ん、んっ……」

小さな舌をとらえ、キュッと吸うと、カレンの身体から力が抜けた。

そしてたったそれだけの愛撫《あいぶ》で、密着しているカレンのものが、硬さを持ってしまったことがわかった。

「はう、う、んう……っ」

唇を重ねたまま、ルフィウスはそのすべてを知りたいというように、カレンの身体に手のひらを滑らせていく。

（栄養状態が悪かっただろうに、若さ故なのか、滑らかで触り心地のいい肌だ。しかし、悲しいほどに肉づきが薄い。きつく抱きしめたら折れてしまいそうだ）

「んんっ、あ……っ、ああ」

唇を喉や首筋に滑らせる。手のひらで、胸の突起を撫でる。そのひとつひとつの動きに、カレンはその都度大きく反応し、甘い声を濡れた唇から漏らした。

「まっ……待って、ください。俺……っ、か、身体が、おかしくて……っ」

ほんの少しの愛撫で、びくっ、びくっ、と身体を震わせるカレンは、涙目になっていた。

「ちゃんと、俺が、気持ちよく、するので……！」

言いながら、ろくに力の入らない手で、ルフィウスのものに触れようとしてくる。

（いやいや、そんな健気なことをされたら、私はたちまち昇天してしまう！　なんということだ、こんなことは初めてだ）

そっと手をどかせるが、一生懸命なカレンが可愛らしくて、ルフィウスはますます愛撫に没頭する。

「はっ、あっ……、いっ、いた……んんっ」

入念に胸の突起に舌を絡め、きつく吸う。

可哀想《かわいそう》なくらい敏感なカレンは背を反らし、もう身体の自由などなくなってしまったかのようだった。

「カレン。……どこもかしこも、こんなに小さい……壊れてしまいそうだ」

「あ……ああ……」

桜色の唇が、唾液で濡れて淫らに光る。

「あう、ん……っ！　やあっ……」

足の間に手を滑らせると、とんでもなく甘い声が唇から漏れた。

「だめっ……だ、め、できなく……なっちゃ……ああ」

快楽に思考を絡めとられつつ、まだカレンは自分がルフィウスに、奉仕しなくてはと頑張っているらしかった。

そんなところがまた、ルフィウスにはいちいち愛らしく思えてたまらない。

「なにもしなくていい、カレン」

赤く染まった耳たぶを唇で挟むようにして囁くと、カレンはびくっと肩を震わせた。

どこもかしこも、耳までもカレンは感じてしまうらしい。

「お前はまだ、なにも知らないのだろう？　私がすべて教えてやる」

言ってルフィウスは、ベッドの小物入れから香油の入った瓶を取り出すと、カレンの両足の間に身体を入れた。

大きく身体を割り開かれて、カレンは羞恥と、これから起こることに怯えているのか、今にも泣きそうな顔になっていた。

「……嫌ならば、正直に言っていいのだぞ」

ルフィウスの言葉に、カレンはふるふると首を左右に振った。

「い、嫌では、ないです。ただ」

カレンの声はかすれ、震えている。

「俺は、慣れていないので。ちゃんとできるのか、心配です」

唇から顎まで唾液で汚し、胸元にキスの跡をつけ、美しい肢体を委ねながら、カレンはそんないじらしいことを言う。

ルフィウスは、決してカレンに辛い思いはさせまいと、たっぷりと指に香油をまとった。

そして丁寧に、背後の窄《すぼ》みに指を滑らせていく。

ぬる、と局部とその後ろに手が滑り込むと、カレンの喉が、ひっ、と鳴った。

「はあっ、は……っ、ああ……っ」

きつく目を閉じたカレンの、呼吸が荒くなっていく。

ルフィウスは指の腹で丹念に、硬く小さな窄みに香油を塗り、試すようにほんの少し指先を出し入れした。

「もう少し、力を抜け。……そうだ、痛くないだろう?」

こくん、とカレンがうなずく。

たっぷりと潤滑油が行き渡り、カレンの下腹部がすっかり熱と硬度を持ったとき。

「ん、あうっ……う、あっ、ああ！」

ぬるうっ、とルフィウスは長い中指を、カレンの中に潜り込ませた。

熱い肉壁が、きゅうきゅうとルフィウスの指を締めつけ、わななく。

「あっ……、あっ、あっ」

カレンは自身を屹立《きつりつ》させ、身悶えする。

その先端からは透明な液が溢れ出し、根本までを濡らしていた。

「カレン……」

なんて淫らで愛らしいのだろう、と思いながらゆっくりと内部を探ると、ひっ、ひっ、と喉を震わせて、カレンは喘《あえ》ぐ。

「やっ、あっ、ああ、んっ！」

細い指がシーツをつかみ、いやいやをするように首が振られる。

（なんというなまめかしさ。なんという可愛らしさ……！）

ルフィウスは自身の中で、懸命に造っていた理性という名の壁が、音を立てて完全に崩れ落ちる音を聞いた。

がばっと細い腰を抱え、どうにもならないほどに猛《たけ》り立った自身を、カレンの後ろに押し当てる。

「――っ、はあっ、――っ！」

ぐうっと自身を挿入するとカレンは必死で唇を噛み、声を押し殺そうとする。

華奢な身体が壊れてしまわないかという心配が、ルフィウスの脳裏をかすめた。

「カレン……っ！」

最奥まで埋め込んで、熱い肉壁に包まれると、そのとろけそうな快楽に我を忘れた。

「っう、ひっ……ああっ」

むせぶようにカレンが泣いたが、その声には確かに甘い響きがある。

それにカレンのものは限界まで張りつめて、今にも弾《はじ》けそうになっていた。

ルフィウスはその身体を奥の奥まで味わいつくそうと、ゆっくりと腰を進めた。

（かつてこんな快楽は、味わったことがない。肉体の交わりとは、こんなにまで甘美なものだったのか……！）

感動すら覚えつつ、深く浅く腰を動かすと、カレンはさらにいい声で鳴く。

「も……っ、ああっ、ゆ、許して……っ！」

泣きながらカレンは達し、白いものが互いの下腹部を汚す。

悲鳴をあげるかのように大きく口を開いたが、その唇から声は出なかった。

それほどまでにカレンにとっては、衝撃が大きかったのかもしれない。

「……はっ、……はあ……っ……」

カレンはぐったりとなって、ほとんど気を失ったように見える。

身体を重ねた相手が達したことを、こんなにまで嬉しいと思ったのは、ルフィウスは初めてのことだった。

カレンが快楽を覚え、感じてくれたのだと思うと、それだけで激しく体がたかぶる。

ルフィウスは力の抜けた、それでもきつく自身を締めつけてくる快感に恍惚《こうこつ》としながら、その体内に想《おも》いを放ったのだった。

◆◆◆

（どういうことだろう。俺は、上手にできなかったのに）

目が覚めたカレンは、もう朝なのかと思った。

それはたくさんの燭台《しょくだい》が照らす室内が、自分が知っている夜とは違ってとても明るかったからだ。

しかしどうやら分厚いカーテンの隙間から見える窓の外の様子は、まだ日が昇っていないらしく真っ暗だった。

その室内をルフィウスは忙しく歩き回り、水差しから器に水を入れ、布を絞ってカレンの額に当ててくれたり、身体を拭いたりしてくれている。

身体はあちこち痛かったが、とても丁寧に優しく触れてくれたので、なんだか気分がふわふわとして、とても不思議な感じがした。

「あのう。……俺ならもう、大丈夫なので、休んでください。まだ夜ですよね？」

悲鳴のような嬌声《きょうせい》を上げ続けてしまったカレンの声は、ひどい風邪《かぜ》を引いたときのようにかすれている。

人に世話をされることが初めてだったカレンは、もうずっと恐縮して、自分の不甲斐《ふがい》なさを嘆いていた。

それに王様というのは、こんなにまめまめしく人の世話を焼くのだろうか、とカレンは不思議で仕方ない。

枕元に椅子を持ってきて座っていたルフィウスは、相変わらず怖い顔をしている。

「ああ。まだ夜更けだ。……お前こそ休め。熱が出ている」

確かに頭と腰が重く、寒気がするのに体の芯が熱を持っているような、不快さがあった。

「熱が出たのは、俺の身体が丈夫でないのが悪いんです。ちゃんと夜伽を務められなかったんですから、こんなに親切にされたら困ります」

「困る？　なぜだ」

「だ、だから、役目をこなせなかったからです」

「いや。私は十分、満足した」

ルフィウスは不敵に言って、大きな手でカレンの髪を撫でる。

「満足しすぎて、お前に無茶をさせてしまった。すまない、カレン」

「えっ？　……ええと」

なぜ謝るのか、優しくしてくれるのか。

カレンにはルフィウスの自分に対する態度が、まったく理解できなかった。

確かに少し怖かったし、身体的にきつかったのは確かだ。漠然としか知識がなかったため、衝撃も受けていた。

けれど、それがなんだというのだろう。役目とは、仕事とは、それでもきちんと果たしてこそ、対価が与えられるものではないか。

するとルフィウスは、こちらのそんな内心を察したかのように言う。

「お前は役目と言うが。そんなふうに、考えて欲しくない。……苦しく自由のない暮らしをしていたお前には、なかなかわかりにくいことなのかもしれないが……少しずつでも知って欲しい。私はお前を、大切にしたいと思っている」

「……大切に……？」

そんなふうに言われても、カレンにはピンとこなかった。

ルフィウスは家族ではないし、親しくもない。むしろあまりにも違い世界で生きてきた、まったく別の世界の人ではないか。

それなのに、どうして自分のことをそんなふうに思うのだろう。

（……でも、嘘つきだとは思わない。だって、俺にそんな嘘をついてもいいことなんてなにもないのに、美味しいものを食べさせてくれた。俺から夜伽をしますと言ったのに、へたくそで泣いてしまったりしたのに……それでも怒らず、こんなに親切にしてくれる）

顔は怖いけれど、もしかしたらルフィウスは、いい人なのかもしれない。

そうだといいな。信じられたらいいな、と思いながら、カレンはルフィウスを見つめた。

ルフィウスは眉間にしわを寄せ、なにかをこらえているような、難しい顔で言う。

「カレン。お前にはこの城で、好きに過ごして欲しいと思っている。私の元にいてくれるのであれば、なんでも自由にしていい。馬が好きなのであれば乗馬をしろ。観劇や演奏会に興じるのもいいだろう」

それもまたカレンにとって、なかなかすぐには理解できない要望だった。

なにしろ幼少期から長年、命令を聞いて働くことしか許されていない奴隷という身であったため、突然『自由』と言われても想像が追いつかないのだ。

けれどカレンはこの顔は怖いけれど心根は優しそうな王様に、本心からの答えを言いたかった。

これほどの親切に対して、なにもお返しができない自分にとって、それが礼儀であるという気がしたのだ。

そして自分には、確固たる夢があったのだと思い至る。

それをいつか、実現するためには――。

「わ、わかりました！　ありました、やりたいことが」

「そうか。どんなことだ」

むっつりとした顔で聞き返すルフィウスに、カレンは口元に笑みを浮かべて言う。

「俺は、勉強がしたいです！」

「なに。勉強を？」

ルフィウスは意外そうな顔になる。

はい！　とカレンは勢い込んでうなずいた。

「いつか孤児たちの家を造るのだって、たくさんのことを知らないとできないに違いありません。オクタープ家の庭には庭師の家があったんですが、そこのおばあさんに頼むと時々、文字を教えてくれました。ほんの少しずつですが、俺はあそこに八年もいましたから、ある程度は文字が書けるし、読めるんです。でも俺はもっともっと、いろんなことが知りたいです！」

言ってからカレンは、さすがに無理を言っただろうかと、心配になってしまった。

というのもルフィウスが、びっくりするくらい恐ろしい表情になって身体を震わせ、黙ってしまったからだ。

そんなに怒らせてしまうほど、わがままな希望を言ってしまった、とカレンは焦る。

「……ええと。あの。もっ、もちろん、言ってみただけで、学問なんて俺には分不相応だってことは、わかっているんですが……」

「なにを言っている、カレン」

ルフィウスの濃い緑の瞳が、感動しているように揺らめいている。心なしか、声も震えていた。

「勉学だな。わかった、承知した！」

ルフィウスは大きくうなずき、カレンの肩に手を置いた。

「約束しよう。身体の具合がよくなったら、好きなだけ勉強をさせる。歴史でも地理でも数学でも、なんでもだ」

「なんでも……勉強できる……？」

聞くうちにカレンは胸がドキドキしてきた。本当にそんなことができるのだろうか。できるとしたら、どれだけ嬉しいことだろう。

それでもまだカレンの胸には一抹の、そんなにいいことがあっていいのだろうか、すべては勘違いでまた過酷な労働の日々に戻るのではないだろうか、という不安があった。

けれどそれも体調が回復した三日後の朝食の後。

王立図書館をルフィウスが貸し切りにしてくれたことで、ようやく信じることができたのだった。

（す……すごいっ、すごいっ！　まるで本のお城だ！）

ルフィウスに案内されて入ったそこは、どっしりとした木材の本棚が壁という壁に巡らされた、いかめしい造りの図書館だった。

広い室内には革の表紙と甘い紙の香りが漂い、外界から隔絶されたかのように静かだ。

縦長の窓から差し込んだ日差しが、すべてをセピア色に染めている。

こつん、こつん、と一歩足を踏み出すたびに足音が響き渡るのは、天井がとても高いからだろう。

カレンはうっとりしながら、古い紙の甘い匂いを嗅ぎ、色とりどりの本の背表紙を見て回った。

ルフィウスは相変わらず厳しい表情で腕組みをし、そんなカレンを背後から眺めている。

「気に入った本がありそうか？」

「――はいっ。どれもこれも、読んでみたくてたまりません！　町づくりの歴史から、星の世界の専門書まである！　ああ、なんてことだろう。文字が、俺が知らなかったこの世の全部が、天から降り注いでくるみたい！」

感極まったカレンは、窓から降り注ぐ日差しの中で、両手を大きく広げた。

それをルフィウスは鋭い目で見つめながら、重々しく言う。

「ここに詰まった知識は、お前が望むだけいくらでも頭の中に入れることができる。私はこれから公務があるが、昼食の時間まで堪能するといい。出入り口には図書の管理人と護衛、それに小姓がいる。なにか用事があったら言いつけて呼べ。午後には、間に合わせではなく正式な、お前の部屋の支度もできている」

「は……はい……」

相槌《あいづち》を打ったものの半分は、もうカレンの耳には聞こえていなかった。

カレンは吸い寄せられるようにして、ぎっしりと並んだ本へ近づいていく。

そしてほとんど陶酔しながら、重たい一冊の書物を取り、ルフィウスがすかさず用意してくれた椅子に座ると、たちまち本の世界に没頭してしまった。


「タロス山からテス川を流れた水が、リーラ湖に流れこむのだと知りました。そのおかげでこの国では、農地の水に困ることもなく、麦もよく実ってたくさん穫《と》れるのだとか。山のふもとには果樹園があり、それもまた水によって実りの恵みがある。だからこの国は豊かなのだそうですね。そして山の上では霧が出て、天気が急変するのだそうですね。霧というのは、どんなものなんでしょうか。雲とは違うのでしょうか。周りが全部真っ白になって、何も見えなくなるほどのものだとか。触れてみたいと思いました」

先日、初めて食事をしたのと同じ部屋で昼食をとりながら、カレンは読んだばかりの本の話を夢中でルフィウスに聞かせた。

この国のことすらカレンはよく知らなかったため、初めて知った自分が住まう土地の情報が、とても新鮮に思えて面白かったのだ。

「冒険譚《ぼうけんたん》や英雄譚のほうが面白そうだが。カレンはそうした本が好きなのか」

ルフィウスは食後のデザートである白ブドウの皮を剝《む》きながら、興味深そうに尋ねる。

カレンもつやつやした、宝石のような純白の実に手を伸ばした。

「もちろん、そうしたお話も読みたいです！　でもまず最初は、身の回りのことを知りたいと思いました。俺が知っていたのは生まれ育った小さな町と、オクターブ家の領地だけだったので」

「なるほど。……読んでいて、わからない文字などないのか」

ありますす、とカレンは正直に答える。

「綴《つづ》りを覚えておいて、いずれそれも調べようと思っていました」

「いずれなどと言わずに、今私に聞けばいい。どんな文字だ」

言ってからルフィウスは、考え込むような顔つきになる。

「カレン。お前はまだ私に遠慮をしているようだが。なんでも言っていい。ここでの暮らしで知りたいことは、すぐに口に出せ。もっと頼って甘えろ。……わかったか？」

「あ……。だって、その」

カレンは俯いて、なぜか即答をためらった。

「お、俺はずっと、自分のことは自分でしてきたので。甘える、というのがどんな感じなのか、よく知らないんです」

ごめんなさい、と謝るカレンに、ルフィウスは怒りのあまりなのか顔を赤くした。

「そうか。ならば、努力しろ。甘えるというのは、とても心地よいことのはずだ。私はお前に、それを知って欲しい」

「わかりました。努力します」

素直にカレンは言ったが、自信はなかった。

人になにかしてもらえると当てにし、助けてもらえるなどと思っていたら、絶対に生きてこられなかったという現実があったからだ。

そんなカレンの様子にルフィウスは、溜息をつく。

「……やはり奴隷という存在は、なくさねばならないな。特に幼いころから、甘えることすら知らぬ育ち方をするというのは……悲劇でしかない」

「奴隷を、なくすんですか？」

驚いて言うと、ルフィウスは大きくうなずいた。

「私はそのつもりだ。お前を引き取るときはそうせざるを得なかったが、人が人の一生を買うなど、決してあってはならぬ。私とお前は対等でなくてはならないのだ、カレン」

そう言い切ったルフィウスは、威厳と誇りに満ちていた。

(王様と、元奴隷が対等……。俺、対等の意味を間違えて覚えているのかな。そうじゃないとしたら、この王様はなにを言っているんだろう……)

自分の生きてきた世界とはあまりにかけ離れたルフィウスの感覚に、カレンはまだついていくことができずにいた。


食事を終えると、用意した部屋へ案内するというルフィウスの後ろについて、カレンは城の中を歩いていく。

衣服はルフィウスが小姓に言いつけて用意させた、白い絹のシャツに丈の短い濃い緑のジャケット、同色のぴったりしたパンツに膝までのブーツを履かせてもらっている。

髪も綺麗に切りそろえてもらっており、城の中をそうして歩いていても、城に最初に来た時のように白い目でジロジロと見られることはなかった。

ただ、いったい国王陛下は誰を連れて歩いているのだろう、というふうに囁き交わしている者たちはいる。

(綺麗なご婦人たちだなあ。きっと偉い貴族の奥さんたちなのかな。それに、あっちは兵士……騎士なのかな？　服装がすごく格好いい！）

壮麗な王宮と、そこに集うキラキラとした人々に圧倒されながら、カレンは端のほうでこちらをうかがっている貴族たちの視線を感じていた。

（それにしても、なんて凄い建物なんだろう。オクタープさんの家なんか、ここに比べたら鶏小屋みたいだ。豪華なだけじゃない。壁画以外、柱や床の色はほとんど白と金だけだけれど、それが余計に贅沢な感じがする。あちこちの飾りや彫刻も、それだけで何時間も見惚れてしまいそうなくらいのものばかりだ。あっちの風景画も、こっちの人物画も、じっくりとよく見たい。さりげなく飾ってあるものでも、きっと最高の腕を持った画家や職人さんたちの作品なんだろうな……）

廊下の一部には、鏡が張り巡らされていて、それにもぎょっとしてしまう。

カレンは生まれてこのかた鏡など、一度も見たことがなかったからだ。

綺麗に髪を切りそろえ、色白で大きな目と小さな顎の、どこかツンと澄ました貴族のお坊ちゃんのような小柄な青年。

それがこちらをじっと見つめていることに気がついて、カレンは思わず足を止めた。

（ん？　なんで俺のことをそんなに見てるの。同じように、手を動かしてる。俺の真似《まね》？

……えっ、嘘、もしかして）

それが自分だとわかったとき、カレンはうろたえ、立ち止まってしまった。

「どうした、カレン」

「あ……いいえ。こっ、これが、鏡というものなのだ、と思って」

答えると、ルフィウスは不思議なことを言う。

「今度、合わせ鏡というものを見せてやる。面白いぞ」

「は、はい。楽しみにしてます」

世の中には本当に、自分の知らないことが山ほどあるのだろう、とカレンは思う。

そしてもしかしたらルフィウスが、それを自分に教えてくれるのかもしれない。

だとしたら、ルフィウスとの出会いは自分にとって、なんと幸運なことだろう。

そしてカレンは自分の正式な部屋だという場所に案内されたとき、それが幸運どころではない、天の恩恵ともいうべきものなのだと知ったのだった。


「カレン。今日からここがお前の家だ。すべて、好きに使うといい」

はあ？　としばらくカレンは、言われている言葉の意味が理解できなかった。

「俺の……家？　ええと、家というのは、住む場所で、つまり、俺の居場所で、好きにできる寝床ということ……ですよね？　そ、それが、ここ？」

「うむ。そのとおりだ」

事態を把握するうちに、カレンは焦り始める。

「ま、待って。待ってください。あの、えっと、ここは家っていうより、お城のように見えるんですけど」

「この城が、すべてお前の部屋なのだと言っている。部屋は四十、風呂は三か所、外には厩舎《きゅうしゃ》もある」

当然のことのように言い放つルフィウスに、カレンはポカンとしてしまった。

家といっても、これはオクタープ家の豪邸どころの話ではない。

床も階段も磨き上げられた白い大理石、壁には様々な意匠の彫刻、金の額縁に入れられた巨大な絵画、ドーム型の天井。

ここは王宮ほどではないにしろ、小宮殿と呼ぶに相応しい建物だった。

「おっ、おっ、俺がここに……住んでいいんですか？」

「当然だ。そう言ったはずだが」

「だ、だって、待ってください！」

カレンは慌てて、周囲をぐるぐると見回してしまう。

「こんなっ、こんな広い宮殿を！　俺が好きにしてしまっていいんですか？」

「もちろんだ。返せなどとは、この心臓にかけても言わん」

「じゃ、じゃあ、あの壁にらくがきをしたり、厨房でつまみ食いをしたり、階段の手すりを滑って下りたりしても怒らないって言うんですか」

念を押すカレンに、ルフィウスは肩をすくめた。

「当たり前ではないか。お前は賢いからそんなことはしないだろうが、広間で馬に乗っても誰も怒らん」

「当たり前って……そ、そんなバカな……」

カレンは壮麗な小宮殿の内装を見つめながら、呆然と立ち尽くしてしまう。

つい先日まで、湿気《しけ》たカビ臭い、薄暗い小屋の一画がカレンの寝床であり住居だった。

それも、ひとりでなく五人の奴隷たちと一緒に、ルフィウスのベッドより狭い空間に押し込められ、板の上で眠っていたのだ。

まるでいきなり地面の中から掘り起こされ、光眩しい大輪の花々が咲き誇る庭園に連れてこられた、虫のような気分になってしまう。

「なかなか疑い深いのだな、カレン。慎重なのは悪いことではない。が、私に対してそのような疑念は持つな」

「は……っ、はい、失礼しました。だけど、これはいくらなんでも……」

カレンとしては、頑丈なベッドと温かな毛布が与えられたらそれだけでも、天にも昇る心地だというのに、部屋どころか宮殿をくれると言うのだ。

どう反応すればいいのか、とても頭がついていかない。

ルフィウスは視線を背後に移し、そちらに向かって言う。

「寝室は二階だ。ライリー、準備は整っているな？」

控えていたライリーが、はい、と即座に応じる。

「私がご案内いたします、カレン様。先日少しだけお会いしましたね。改めてご挨拶いたします。ルフィウス陛下のお傍で働かせていただいている、ライリーと申します。以後、お見知りおきを」

「カ……カレンです。よろしくお願いします」

カレンがぺこりと頭を下げると、ライリーも同様に応じる。

すらりとした痩身のこの青年は、柔和で優しい面差しをしていて、口調も穏やかだ。

けれど大剣を腰に吊るしているところを見ると、ルフィウスの用心棒でもあるのかもしれない。

ルフィウスはシャツの上に、金糸で重そうなくらいに刺繍が入った黒が基調の長い上着を着ているが、ライリーは紺地に白で縫い取りの入った上着を羽織っている。

そしてルフィウスのような膝まである黒のブーツではなく、軽やかな白っぽい羊革の靴を履いていた。

よほど気心が知れた中なのか、他の臣下たちのようにへりくだることなく、ルフィウスと対等に話をしているように見える。

ライリーは時折、こちらが歩き疲れていないか確認するように振り返りながら、長い階段を上った廊下の奥にある部屋へ、カレンを連れて行った。むろん、ルフィウスも一緒だ。

「こちらです、カレン様」

様、などとつけられてびっくりしていたカレンだが、室内に入ってさらに驚いた。

大きなふかふかのベッドに、美しいソファとテーブルのセット。窓辺に吊《つ》るされたカーテンは美しいドレープを刻み、繋がっている隣室に勉強用らしいマホガニーのデスクと椅子もある。

「とりあえず、ここがお前の寝起きする場だ、カレン。一番見晴らしのいい部屋に、新しい家具と羽根布団を用意させた」

(ここで俺が、寝起きする。……生活する。暮らす……)

とてもではないが、まだまだまったく実感が持てない。

ふらふらと部屋の中央に進み、カレンは立派な家具にそっと触れてみる。窓の外では常緑樹の枝が揺れ、小鳥が飛び立つのが見えた。

そしてベッドと反対方向の壁際には、床から天井まである、立派な本箱が設置されていた。

ルフィウスは説明する。

「この本棚には、あえて本は入れていない。図書館で興味を持った書物は、ここに持ってきて読むといい。気に入ったものは、ずっと置いておいてもいいぞ。勉強机も用意したから、望むのであれば教師をつけよう」

ルフィウスは、カレンの瞳を覗《のぞ》きこむように見つめる。

「なにから学びたい。歴史か、地理か」

「俺の、本棚……。勉強する、机……」

言いながら眺めるうちに、カレンの瞳にじわ、と涙が浮かんできた。

そして思わず振り返り、ルフィウスの胸に飛びつくようにしてしがみつく。

「あ、ありがとうございます！　う、嬉しくて、俺、なんて言っていいか……！」

だが、見上げたルフィウスが鬼のように恐ろしい表情になっていたので、カレンは慌てて手を離した。

「し、失礼しました、なれなれしくしてしまって……あ、あまりに嬉しかったので」

「いや。問題ない」

ルフィウスは怖い顔のままだったが、手を伸ばしてきて、不器用にカレンの髪を撫でた。

「聞いたか、ライリー。知識と勉学をこれほどまでに切望していた者が、奴隷としてその能力を眠ったままにさせられていたのだ。あのままにしていたら、国家の損失としか言いようがない」

はい、とライリーは重々しくうなずいた。

「しかしルフィウス様がおられれば、このようなことはなくなっていくでしょう」

「そのつもりだ。その第一歩として、私はカレンを幸せにする」

え？　とカレンが見上げると、ルフィウスはもう一度言った。

「私はお前を幸せにしてみせる。絶対にだ。国王に二言はない！」

（どういうことだろう。怒ってる顔をしてるのに、俺を……幸せにする……？）

困惑したカレンだったが、ルフィウスの言葉のとおり、この日から新しい日々が始まったのだった。

小宮殿でのカレンの朝は、小姓たちに手伝ってもらっての、洗顔と着替えから始まる。

それから広い食堂で、ルフィウスと朝食を共にした。

ルフィウスは朝はさほど食べないらしく、スープとお茶だけということもあったのだが、カレンの前には卵料理やコクのあるチーズにミルクなど、滋養のある料理がたっぷりと並べられていた。

そしてルフィウスが公務に向かうと、カレンは昼まで図書館にこもる。

知識に飢えていたカレンの頭は、いくらでも書物の内容を吸収した。

難しくて読めない文字や、意味がわからないところがある本は自室に持ち込み、午後の勉強時間に家庭教師に質問をする。

時々は身体を動かさなくてはということで、運動の時間が設けられることもあった。

またルフィウスの公務が比較的余裕があるときは、一緒に宮殿の庭園を散歩することもある。

様々な種類の植物が目を楽しませ、オクタープ家の菜園では見たことのない花なども多かったので、こちらもカレンの好奇心を大いに刺激した。

ルフィウスがいないときも、常に小宮殿の出入り口には衛兵が詰めており、図書館へ移動するときなども騎士の護衛がついている。

その点については完全に自由な生活ではない感じがしたが、自由と無防備が違うことくらいはカレンも理解していたので、抵抗はなかった。

オクタープ家にも用心棒はいたし、夜間は倉庫の警備をする者たちがいたのだ。

（なんて素晴らしいんだろう。目に入るものはなにもかもすべて美しいし、浴びるように知識が与えられる。食事は一日に三度もできるし、なにを食べても信じられないくらいに美味しい）

それどころか硬い板の上でしか生活していなかったカレンにとっては、クッションのきいたソファやベッドでさえ珍しく、座っているだけで嬉しくなってしまう。

こうして半月ほど小宮殿で過ごすうちに、ようやく生活に慣れたカレンは疑問に感じることが出てきた。

そこで今夜の夕飯の時間に、ルフィウスに尋ねることにする。

昼食は公務が忙しいルフィウスと別にとることもあるが、夕飯はいつも一緒だ。

テーブルにはいつも、カレンが大好きなふかふかの白いパンを筆頭に、肉や魚と野菜、卵やスープ、そして果物などもどっさり並べられていた。

「ルフィウスのおかげで、ここでの暮らしにはすっかり慣れたし、夢のような毎日を送れています」

フォークを置いてそう切り出すと、テーブルを挟んだ正面に座っているルフィウスは、厳かな表情でうなずいた。

「そうか。それは喜ばしい。教師たちから、お前は特別に優秀な生徒だと聞いている。覚えが早く、熱心だと」

「そ、そこまで優秀じゃないと思いますが。ありがとうございます」

カレンは照れながら、礼を言う。

「けれどひとつ、聞きたいことがあるんです」

「なんだ。なんでも言ってみるがいい」

カレンはうなずいて、口元をナプキンで拭ってから言う。

「この小宮殿は、俺ひとりには広すぎます。お風呂の湯舟も、泳げるくらいに大きいですし、なんという部屋なのかはわかりませんが、とてつもなく広い……大勢でパーティをできるような広間もありますよね。厨房だって、何人分もの食事を作れそうです。といって、兵士たちの宿舎にしては、装飾が繊細で、華やかすぎる気がします。武人には相応しくないというか……。つまり、ここは本来、なんのための建物だったのですか?」

するとルフィウスは、なるほどと言うようにうなずいた。

「よい観察眼と推測だ。では教える。……ここは、後宮だった」

「——後宮……ですか」

カレンは思わず、ぐるりと部屋を見回した。

「以前であれば知りませんでしたが、先日それがどんな場所なのか、本で知ることができました。じゃあここには、綺麗なお姫様がたくさんいたんですか」

「うむ。恥ずかしいことだが、我が国の王室ではそのような女たちを囲うことが、当然とされてきた。世継ぎのためにも、必要とされていたからな。だが、私はそうは思わん」

珍しく饒舌《じょうぜつ》にルフィウスが語る言葉は、だんだんと熱を帯びてくる。

「生涯を共にする伴侶は、ただひとりでいい。子供ができなかったとしても、よい国を営むために、血族である必要がどこにある。能力の高い者、人格的に優れ人望がある者、そうした者に政をさせればよいのだ」

カレンは思わずポカンとして、ルフィウスの顔を見た。

「じゃあ……つまり、血の繋がっていない者が、玉座につく可能性もある、っていうことなんですか？」

　そのとおり、とうなずくルフィウスを見て、いい人なのだろうが変わっている、とカレンは思ってしまう。

　この時代、王族がそれ以外のものになるとは考えられなかったし、貴族は貴族、奴隷は一生奴隷として終わるというのが当たり前だと考えていたからだ。

　けれどルフィウスが本気でそのように考えているのならば、悪いことではないとカレンは思った。

「あの。偉い人の考えは、俺にはよくわからないんですが、もしもそんなふうになったとしたら、とても凄いことですね」

「凄いかどうかはわからんが、私はそのように、世の中を変えていきたいと考えている」

「それじゃ、これから先もこの建物には、お姫様たちは住まわせないんですか」

「むろん。お前のものだと言っただろう」

「だけどなんだか、お姫様たちを追い出してしまったみたいで、悪い気がします……」

「みな貴族の娘たちだ。親元に帰らせただけだ。いずれにしろ父上が玉座から退いた際、近く解散させる予定だと、退去の支度をさせていたところだったからな」

「そう……なんですか……」

　カレンにはまだ実感が湧かなかったが、ルフィウスが本気であるならば、頼みたいことがある。これは小宮殿で満ち足りた日々を送れば送るほど、カレンの頭から離れなくなっていたことだ。

食事を終えた皿を、小姓たちが片づけるのを待ち、カレンは考えていたことを口にした。

「だったら……お願いがあるんですけど。言うだけ、言ってみてもいいですか？　駄目なら駄目と言ってくれたら、あきらめますから」

カレンから積極的になにか頼むことは珍しいせいか、ルフィウスの瞳には興味深そうな色が浮かぶ。

「早く言え。どんな願いだ」

「はい。……その。ここはとても広くって、部屋もたくさんあります。食事も、食べきれないくらい出ます。だから俺ひとりだけで暮らすのは、もったいないと思うんです」

「なるほど。それで？」

先を促され、カレンは続けた。

「……オクターブ家では……俺よりずっと年下の子供たちも奴隷として買われています。最近は戦がないから、捕虜になったおとなの奴隷がほとんどいなくて、それで奴隷市場にいるのは孤児ばかりなんだって、オクターブさんが愚痴ってました。俺がいなくなった分、もっと仕事は大変になっているかもしれない。俺はそれが、とても気になっていて……だからつまり、その」

さすがに図々《ずうずう》しいだろうか、という思いがちらりと頭をかすめたが、思い切ってカレンは口に出す。

「もう後宮にお姫様たちがいないのなら、代わりにあの子たちを、住まわせてやってくれませんか？　食事だって、俺はこんなに食べられない。みんなで分けたら、ちょうどいいくらいだと思うんです！」

「——カレン……」

ルフィウスはつぶやき、じっとカレンを見つめた。

その表情がどんどん険しくなっていき、かすかに身体が震えているのを見て、カレンは慄《おのの》いた。

「ごめんなさい！　だっ、駄目ですよね、わかってます！　こんなお願い、無理に決まってる。試しに言ってみただけです、忘れてください！」

だがルフィウスは、恐ろしい形相のまま、うなるように言った。

「お前は本当に、どこまでも清く優しいのだな」

「……え……？」

「私の寵愛《ちょうあい》を受け、自分は特別なのだと有頂天になったりしない。さんざん苦労して、ようやく得た贅沢な暮らしを、独り占めしようとも考えない……」

カレンは褒められて赤くなる。

「いえ、あの、我儘《わがまま》なだけだと思います。だってルフィウスは、こんな俺の願いを叶えたって、なにもいいことはない、それをわかっていて、勝手なことを言ってるんですから」

「我儘というのは、己の欲望を満たすための行為だ。他人を救おうとすることではない」

ルフィウスはなにかを耐えるような表情をして、額を右手で軽く押さえた。

「それにカレンが言っていることは私が今後考えている、我が国のこれからの統治と通じるものがある。……ライリー」

ルフィウスとの食事の際、同室にいることは珍しいのだが、この日は珍しくルフィウスの背後にライリーが控えていた。そして具体的に命じられてはいないのに、即座に給仕をしていた小姓たちに、お茶のポットとカップを用意させる。

それが終わると隣接している控えの間から、さらに別の部屋へと下がるように小姓たちに命じた。こぽこぽと、香り高いお茶をライリーがカップに淹れ始めると、ルフィウスは急に口調を強める。

「カレン！　ただ健気で愛らしいから傍に置きたい、というだけでなく、勤勉で私利私欲のないお前だからこそ、私のこの思いを話しておきたい」

「は……はい！」

真剣なルフィウスの様子に、気を引き締めてうなずいたカレンの目の前に、湯気の上がるカップが置かれた。

「俺のようなものに、理解できるかわかりませんが。ぜひ、聞かせてください」

「うん。――カレン、私はな。奴隷制を、廃止したいと考えている」

「ええと……それは奴隷をいなくさせる、ってことですよね？　……でも」

真に受けていなかったが以前にもルフィウスは、こんなことを言っていたように思う。

カレンとしては、自分が奴隷でなくなることは、夢に見るほど望んでいた。

けれど同時に、そうなったらどうやって食べていけばいいのだろう、と考えていたことも事実だ。

親がいない孤児にとって、食べていくことは容易ではない。

窃盗団などに入って悪事に手を染めるか、おとなたちにいかがわしい商売に利用されるか、あるいは野垂れ死ぬかではないのか。

だからこそ、逃げ出す奴隷は滅多にいない。

難しい顔をしているカレンに、ルフィウスはわかっている、というようにうなずいた。

「特に親のいない子供たちにとっては、どのようにして食べていくのかは大きな問題だろう。新しい試みとして、お前の言っていた西の町に、孤児院を造ってみたのは私だ」

「ルフィウスが造ったのですか！」

驚いて言うと同時に、カレンは嬉しくなった。

顔は怖いが悪い人ではないと思っていたが、本当に慈悲深い、心根の優しい王様なのだと信じることができたからだ。

「ああ。しかし、反対意見も多かった。この国では貴族や裕福な商人が奴隷を使い、商売や領地の手入れをすることがあまりにも当然になっている。私の曾祖父《そうそふ》の時代に、他国との戦争の戦利品として、捕虜を奴隷として扱うようになってからの慣習らしいが」

「……かなり前からなんですよね。俺にとっては、奴隷がいることが当たり前と思ってました。……なんでルフィウスは、そんなふうに……ええと、なんて言っていいのかな。つまり、他の人と奴隷を見る目が違うんですか？」

カレンはルフィウスと出会ってから、一番不思議に思っていたことを尋ねる。

するとルフィウスは、遠い目をして語り出す。

「そうだな……そう考えるようになったきっかけはいろいろある。幼いころ、警護の隙を見て城内の庭などで遊んでいた時に、奴隷はよく見かけていた。そして、我々となにも変わらないということは、すぐにわかった」

ルフィウスはテーブルの上で、長い指を組む。

「そして自分が年を重ねるうちに、なぜこんな理不尽が通用するのか、という思いは日に日に強くなっていった。誰が悪いのかと考えれば、奴隷制という仕組みが悪いとしか言いようがない。であれば、それを作り維持している国自体を変えるしかない」

黙って一生懸命聞いていたカレンは国自体、と頭の中で繰り返してみる。

けれどあまりに壮大な話すぎて、ピンとこなかった。

「王と奴隷に、どれほどの違いがあろう。お前を目の当たりにして、私は以前からの考えが正しかったことを知った。むろん、人間には能力の差というものがあるが、それは血筋とは関係がない。賢い者は農民でも賢いし、愚かな貴族はいくらでもいる」

「ええと、じゃあ、奴隷にも賢い者が……能力がある者がいるんでしょうか」

「むろんだ。現にお前がそうではないか」

ルフィウスはあっさりと言ったが、ふいにその瞳は鋭く光る。

「だが私の父は、決してそれを認めようとはしなかった」

口調も同様に、厳しいものになっていく。

「我々となんら変わらぬ人々に、馬車馬のごとく働かせるだけの人生を強要する。これは、民の上に立つ者のやることではない、と私は思う」

「ルフィウス……」

カレンは必死に、頭を巡らせる。

「で、でも俺は、人の全部が同じとは思えません。だって、たとえば……オクターブさんや、使用人頭のドルフさんが、ルフィウスのような立派な王様になるとは、まったく考えられないんです」

「それはむろん、職業に向き不向きはあるだろう。剣の得意な者、お前のように勉学の好きな者、様々だ。だが、それはあくまで己が決めることではないか」

そのとおりだ。けれど、とカレンはなおも自分の中にある常識の範疇《はんちゅう》で言う。

「俺は金で買われましたが、そのおかげで父親の治療ができました。奴隷になれなかったら、非力な子供だった俺には、それすらできなかった」

「確かにそうだな」

意外にも、ルフィウスは素直に認める。

「つまり、親のない子供に対してこの国には将来の選択肢がないということだ。それはよくない。せめて成人とされる年齢になるまでは、国で手厚く保護し、教育をする。一部の貴族や豪商だけが儲かる奴隷制度などより、そのほうがよほど国益に繋がっていくと思うのだ」

「勉強して……成長したら、将来……」

カレンはルフィウスの言葉をなんとか理解しようと努め、そして感心した。

「なるほど、素晴らしい考えだと思います！　だって俺も、子供たちがお腹を空かせずにいられたらいいのにって、思ってましたから」

「うん。お前は孤児で教育も受けられない状態で、同じことを願っていた。それに私は驚いたし、感嘆するばかりだが……父は違った」

ルフィウスは忌々しそうに言う。

「父は奴隷がいるほうが、国が栄えると言って憚《はばか》らぬ。そのほうが貴族たちが領地で得られる富も大きく、貴族たちが満足していれば、国王の地位も安泰となると考えているからな。……奴隷などいなくとも、この国は十分に豊かだというのに」

そうだったのか、とカレンは初めて、生まれ育った自分の国がどのような状態だったのかを知った。

幼いころはもとより、奴隷になってからは国の事情など、知る由もない。

ルフィウスは苦々しい表情で続ける。

「私がどれほど奴隷制はなくすべきだと説得しても、父は首を縦に振らなかった。それは、父に従うこと……力ある王に従属するよう教育され、他国から嫁いできた母もだ」

「じゃあ、ルフィウスと同じ考えの人は、王宮にはいなかったんですか？」

率直に尋ねると、壁の隅に控えていたライリーが口を開く。

「おりますよ、私のように。王室にもの申せるほど力のある貴族たちの間では、賛成が四分の一ほど。反対も同じくらい。残りの半分は、どちらとも決めかねる、といった状態でした。内心では賛成であっても、前国王の怒りを恐れ、口を閉ざしていた者たちもおります」

「そうなんですか。じゃあ、今でも前の国王陛下とルフィウスは、喧嘩《けんか》……というか、対立してるんでしょうか」

うむ、とルフィウスは重々しくうなずいた。

「父上は、他の者と同じ給金で奴隷を働かせては商人の儲けが少なくなる。となれば、彼らと手を握っている貴族たちが上手い汁を吸えなくなり、貴族たちが治める領地で働く労働者の賃金も高くなる。結果として王政に不満を持たれるかもしれん。……などと言ってな。なにがなんでも奴隷制度は存続させたいと考えていた。父上は奴隷制に反対する私を息子とはいえ許せぬ、決闘だということになり……」

ルフィウスは一度言葉を切り、カレンは真剣に耳を傾ける。

「あっさりと父が負けた。かつては剣豪と呼ばれていたらしいが、年には勝てなかったのだろうな。そして、自分は隠居するからお前が好きにすればいいと私を戴冠させ、自らリーラ湖の離宮に、閉じこもってしまわれた」

ええっ、とカレンは息をのんだ。

「王様が、負けて拗《す》ねてルフィウスに跡を継がせて、閉じこもっちゃったってことですか？」

そうです、と話をライリーが引き継いだ。

「プライドの高い方ですから、自分のお世継ぎとはいえ、負けたことが我慢ならなかったのでしょう。開始からたった二合でルフィウス様に、剣を跳ね飛ばされたのですから。……ところが前国王と親しかった貴族などは、あんなに簡単に負けるはずがない、薬を盛られたなどと噂を流す者もおり、奴隷制を支持する貴族に対する態度の厳しさも相まって、ルフィウス様のことを恐ろしい、非情な王……残酷王などと言うものもいるのです」

（残酷王……）

カレンはその禍々《まがまが》しい渾名《あだな》を、胸の中で繰り返した。

「けれど、実際は違います。そんな人物に、私は忠誠を誓ったりはしません。私はカレン様には、それを知っていて欲しいのです」

ライリーの真摯な目と口調には、強い説得力があった。

（この人は、嘘をついてない。ルフィウスはきっと、本当にいい人なんだ）

しかし、とルフィウスは言って立ち上がり、ゆっくりと窓辺へ近づいていく。

「私は後悔していない。おかげで予定よりも早く戴冠し、王位を得、新しい国造りがしやすくなった。恐れられるのも、それはそれで悪いことばかりではないからな。奴隷でなくなった者たちの受け皿をつくった後、奴隷制を廃止させるつもりだ。だが、すぐにというわけにはいかない」

「どうしてですか……？」

「一昨年、試しに国外れの一部の地域で、奴隷を解放したことがある。すると、国で持たせた一時金を使い切った後、男は盗人に、女は娼婦となる者が多かった。……つまり、彼らの働く場まで用意せねばならない。それに反対する勢力もいる」

「確かに俺も、いきなり解放って言われても、路頭に迷うしかなかったかも。非力だし、学もないし」

自分の身に置き換えて想像すると、その状況はとてもよく理解できた。

「……俺なんかには……国の在り方を変えるっていうことは、あまりにも大きなお話で……想像が追いつかないですが。で、でも」

カレンは、ルフィウスを励ますように言う。

「ルフィウスがこうしたい、っていう国は、きっととてもよい国になると思います！　だって、親のいないお腹を空かした子供が減るのなら、悪いことのはずがないですから！」

その言葉にルフィウスは、ぐっと押し黙ってしまった。

そしていつもの、怒っているような顔と口調で、重々しく言う。

「お前にそう言ってもらえて、嬉しいぞ」

ルフィウスは、カレンのもとに歩み寄った。

そして愛しそうにカレンの髪を撫で、次いで頰に手のひらを滑らせてきた。

カレンはびくっとしたが、その手がとても優しかったので、なすがままになる。

「私は能力がある者は、平民でも取り立てたい。正直で、真面目に頑張った者が報われる国にしたいのだ。そして公私ともに嘘はつかず、国民に誠意を示したい。……そのためには」

濃い緑色の、吸い込まれそうな瞳がカレンを見つめた。

「妃《きさき》もまた、真実の愛情を感じた者を迎えたいと考えている。政略結婚や、身分と血統のみを条件にする相手などまっぴらだ」

至近距離で凝視され、カレンは気圧《けお》された。

「ルフィウス……？」

「しかしその考えもまた、すべての臣下には理解されていない。ライリーは思ったことを率直に言ってくれる私のよき右腕だが、あくまで国政においての話だ。共にいてくつろげる相手ではない」

「なれ合いをするようでは、よき政はできませんからね」

ライリーはそう言って苦笑したが、ルフィウスは厳しい顔のままだ。

「だから私には、傍にいて癒やされる、心の底から愛しいと思える相手が必要なのだ。そのような者と、一生を添い遂げたい」

瞳を覗き込むようにして言われ、ルフィウスの手が触れているカレンの頬は、熱を持っていく。

「それがお前なのだ、カレン」

はあ？　とカレンはポカンと口を開いた。それからややあって、どうにか言葉を発する。

「そ……そうなんですか……？　で、でも俺、男ですよ……？」

「我が国では、同性婚は可能だ。王侯貴族は世継ぎが必要な関係で、同性は妾《めかけ》にするのが慣習だが。無意味な慣習にこだわる必要などない。カレンには奴隷と王が対等であるという、象徴になって欲しい。どうか、この国を変えようとしている私を、支えてくれないだろうか」

「俺が、ルフィウスを……」

話を聞きながら、カレンの頭の中は驚きの連続で、ぐるぐるしてしまっていた。

(俺はこの人が、嫌いじゃない。だって中身はとってもいい人だし、親切にしてくれる。それにこの人は……これまで俺が出会ってきた、どんな人とも違う凄い人なんだ、っていうのはわかる)

カレンはまじまじと、男らしく整い引き締まった、ルフィウスの顔を見た。

鍛え抜かれたしなやかな筋肉を持つ肢体。王族の威厳と迫力を放つ、国の頂点に立つ男。とてつもない広い世界を見て、カレンが想像もしたことのないような国の先行きを考え、その責任と未来を背負う者。

けれどどこかその、深い緑色の瞳には、孤独の影があるように感じた。

(自分の進む道のために、お父さんたちと争って、離れて暮らして、残酷王なんてひどいことを言われて。それでもルフィウスは、やったんだ。ひとりでも多くの民が、奴隷から解放されるために)

考えるうちにカレンは自分の心臓が、なぜか締めつけられるように感じた。

誰もが恐れる国王が、つい先日まで泥まみれの奴隷だったちっぽけな自分に、支えてくれと頼んでいる。

それがひどくせつなく、それでいて嬉しいと思えてしまうのだ。

胸がきゅうっとして甘く痛む。そんな経験は、カレンにとって生まれて初めてのことで、自分がどうなってしまっているのかよくわからない。

ただとにかく、自分がとてもこの男性に、かつて誰にも覚えたことのない感情を抱いている、ということは自覚できた。

(だって……ルフィウスは、これまで会ってきた誰とも違う存在なんだ。大勢の人の暮らしを、国ごと変えることができる人なんだから。そしてこんな人が、俺を必要としてくれている。力がないと言われて鞭《むち》で叩かれ、疲れるのが早いと言われて食事を抜かれ、犬より役に立たないと蹴られていた、ちっぽけで汚い俺を……)

そう考えながらルフィウスを見上げると、見れば見るほどに好ましく、なんて男らしく美しい顔立ちなのだろう、と思ってしまう。

この人に求められているのだ、と思ううちに、ドキドキと胸が高鳴ってきた。

「あの」

カレンは頬が熱を持つのを感じながら、おどおどと言った。

「本当に俺でよければ、ル……ルフィウスを、支えます……！」

そう申し出ると、ルフィウスは虚を突かれた顔になった。

それから、なぜか激しい痛みに耐えるように頭を抱える。

「どっ、どうしたんですか！　俺、勘違いして、変なこと言っちゃいましたか？」

「……いや。……違うのだ。ありがとう、カレン。そして、申し訳ない」

絞り出すような声で、ルフィウスは言う。

「え。どうして謝るんですか？」

尋ねるとルフィウスは、らしくもなく遠慮がちに言った。

「お前の身体を思うと、無理をさせたくないのだが。……だが……」

「だが……？」

「……今夜、抱いてもいいか」

深い緑色の瞳が、濡れたように妖艶に見え、カレンの胸は一層早鐘を打つ。

「むっ、無理などということはありません！　この前は、上手にできませんでしたが、今度は大丈夫だと思います！」

カレンが言うと、ルフィウスは怖い顔のままうなずいた。

「……っ、あっ、んっんんっ！」

与えられたばかりのベッドの上で、カレンはもうすでに二回も達してしまっていた。

一度目は、抱き合って口づけを交わしている最中に、ルフィウスの腰を下腹部に押しつけられただけで弾けてしまった。

二回目は、胸の突起を舌で責められながら、慈しむようにそっと局部を撫でられて、絶対にまだ我慢するんだと頑張ったのだが無理だった。

そして今は四つん這いにされ、すでに潤滑油と自らの体液でぬるぬるになった窄みに、ルフィウスの指が挿入されている。

「もっと、力を抜け、カレン。ゆっくりと息を吐いて……そうだ」

「っふ……う、っは、あっ、あ……」

上体を支えていたカレンの腕からは力が抜け、そうすると腰だけが高く上がって、どうしようもなく恥ずかしい格好になってしまった。

「やっ……ああっ、みっ、見ないで……っ」

「どうして。とても可愛い」

ルフィウスの優しい声が、たまらなく耳に心地よい。

体内を探るように、ルフィウスの指の腹が動く。異物感が気持ち悪いはずなのに、それがルフィウスの指なのだと思うと、抵抗感より快感が勝る。

「っあ……いっ、いい……気持ち、い……っ」

どうしてだかわからないが、どこもかしこも触れられるだけで、痺《しび》れるように気持ちがよかった。

「っひ！　んうっ、あっ！」

ルフィウスの指が、特に敏感な部分を探し当て、強く抉《えぐ》る。

「ああっ、だっ、駄目……っ！　ま、また……ああっ！」

カレンはいやいやと首を振る。

達して柔らかくなっていたはずの部分が、背後を弄《いじ》られるうちにまたしても、限界まで張りつめてしまっていたのだ。

と、ぬる、とルフィウスが指を引き抜いた。

「あ、うっ……！」

ふいに快感が中断したのと、異様な感覚に、カレンはぶるりと身震いをする。

そこに指などと比較にならないくらい、熱と硬度、そして大きさのものが押しつけられた。

「……カレン」

名前を呼ばれるだけで、ジンと身体の奥が熱くなる。次の瞬間。

「――っあああ！」

身体を太いもので貫かれながら、あっという間にカレンのものは達してしまった。

「待っ……あぁっ！　ああああ！」

奥へ奥へとルフィウスのものが進むたびに、びくん！　びくん！　とカレンの身体は大きく跳ねる。

信じられないような快感に、頭の中が真っ白になった。

そして達して敏感になり、完全に力の抜けたカレンの腰を背後から抱え、ルフィウスはゆっくりと腰を使い始める。

「……っ！　ひぃ……っ！」

あまりの快楽に、カレンは咽《むせ》び泣いた。

腰から下が、本当にとろけてしまったように感じる。

「――カレン。お前の中は、どうしようもなく心地よい……」

やや上ずった声でルフィウスが言い、容赦なく奥を貫いた。

（駄目。もう、怖い。気持ちよくて、気持ちよくて、おかしくなっちゃう）

なにか言おうとするのだが、カレンの声はもう、言葉にはならなかった。

ただただ押し寄せる激しい快楽に翻弄され、カレンは大波に巻き込まれたように、ルフィウスに身を委ねるしかなかった。

次に目を覚ましたとき、カレンは自分の頭が、ルフィウスの腕の上に乗っていることに気がついた。

ルフィウスは眠っておらず、至近距離でこちらを見つめている。

ぽー、とまたも頬が火照るのを、カレンは感じた。

「……今日は、痛みはないか？」

尋ねられ、確かめるように少し身体を動かしてから、カレンは答える。

「腰が、とてもだるいですが、痛くはないです……」

どこも汚れていないし、べたべたしていないから、ルフィウスが綺麗にしてくれたに違いなかった。

裸ではなく、白い滑らかな生地の丈の長い寝間着を着せてもらっていた。

ルフィウスも、銀糸の縫い取りの入った同じく白い寝間着を着ている。

室内はとても静かで、花瓶にどっさりと生けられた百合《ゆり》の甘い香りが漂っていた。

「それならよかった……。できる限り丁寧に扱っているつもりなのだが、お前があまりに愛らしいので、つい夢中になってしまう」

本当に安堵《あんど》したらしく珍しいくらいに穏やかな目で、ルフィウスはカレンの額に落ちかかった髪をそっとよけた。

「このようにされて、嫌ではないか。この感覚に不慣れだろうから何度も言うが、お前は

『自由』なのだ。どうしても私に嫌悪感を覚える、このような暮らしは嫌だと言うならば……私としては身を切られるほどに悲しい。血の涙が出るほど辛い。だが、お前に無理強いはしたくない」

「嫌では……なっ、ないです」

カレンは羞恥のあまりルフィウスの胸に、頬を押しつけるようにする。

「あ、あんなふうに声をあげて、その……き、気持ちよすぎて泣いたりする自分が、恥ずかしいですし、どこかおかしいのではないかと思うんですが」

かすれたたどたどしい声で、カレンは一生懸命説明する。

ルフィウスに触れられると、なぜか電気が走るような甘い痛みを、身体が感じた。つま先も腰もひくひくと震え、跳ね、身体から力が抜けていく。

あの感覚をルフィウスが与えてくれることは、決して嫌ではない。

むしろその痺れるような激しい快感が去った後でも、こうして肌が触れていると安心するし、慕わしさがこみ上げてくる。

(ずっと触れていたい。いつまでもルフィウスのぬくもりを感じて、鼓動を聞いていたい。……なんでだろう。肉親でもないのに)

この気持ちをどう表現していいのか、カレンには上手い言葉が見つからなかった。

だからできるだけ率直に、不器用ながらも言葉を選ぶ。

「ええと。ルフィウスがこういうことをしたいのであれば、俺も、その。したい……です」

言って真っ赤になったカレンに、ルフィウスはいつもの、激怒しているような形相になった。怒らせてしまったか、とこちらもまたいつものように怯えたカレンを、ルフィウスはきつく抱きしめてくる。

（これまでに、何度かこんなことがあったけど。怖い顔をしても、こういうときのルフィウスは、怒ってない……。そう思って、いいんだよね？）

カレンもおずおずと、その広い背中に手を回す。

するとルフィウスは、驚くべきことを口にした。

「決めたぞ。この小宮殿は後宮だったころ、王家の花園と呼ばれていた。しかし今後は、『カレンの宮殿』と名を改める」

「……はいっ？　おっ、俺の名前の宮殿……ですか？」

「ああ。お前のものだからな」

「だ、だって……だって……」

つい先日まで、自分は奴隷だったのだ。それが宮殿に名前を冠したりして、本当にいいのだろうか。いや、絶対によくない。

「待ってください、それは俺、遠慮します。なんていうか、ネズミが急に翼をつけられても、すぐには自由に大空を飛んだりできないでしょう？　それなのに、空飛ぶネズミとみんなに宣伝されているような感じです」

カレンの訴えに、ふむ、とルフィウスは考える。

「言われてみれば、わかるような気もする。さすがカレンは賢いな。……では、名前の件は、あとでゆっくり考えよう」

よかった、とカレンはホッとした。

「お前は本当に、欲がないな」

「……ないほうが、いいんです。手に入らないと、辛いですから」

カレンはぽつりと、ルフィウスの胸に顔を埋《うず》めて言う。

そうか、と静かにルフィウスは言い、カレンをさらに抱き寄せる。

そうしてこの日、ルフィウスはカレンがぐっすりと眠りにつくまで、ずっと優しく髪を撫でていてくれたのだった。

◆◆◆

「ルフィウス様。カレン様についてお話があるのですが」

王の書斎と呼ばれる執務室で、ライリーは机で書類に目を通しているルフィウスに、難しい顔で言う。

「カレンがどうかしたか」

書類から顔を上げたルフィウスに、ライリーは淡々とした口調で忠告をする。

「後宮を差し上げた件についてです。極端にカレン様に目をかけていることが周囲に明らかになり、あまりに目立つのは危険ではないでしょうか。不平を言う者も出てくるのではないかと」

「むろん、そういう者も出てくるだろうな」

ルフィウスは手にしていた羽根ペンを置き、あっさり認めた。

そして机の前に立つライリーを、キッと見つめて言う。

「だがライリー！　カレンはそうされるに相応しい青年とは思わないか。あの宮殿をやると言ったら、部屋もたくさんある、料理も豊富、だから奴隷になっている孤児たちを住まわすことはできないかと言ったのだぞ。そのような進言、なかなかできるものではない！」

ライリーは、なるほど、という顔つきになる。

「確かに、自分が奴隷だったのに、富を得たらそれを他の者に分け与えるという心がけは素晴らしいと思います」

「私はあの言葉を聞いて目頭が熱くなった」

ルフィウスは、感嘆の溜息をつく。

「重いものなど持ったら折れるのではないか、というくらい痩せ、ひもじい思いをしていただろうに、カレンには私利私欲がないのだ。なにかを得れば、それを快く他人に分け与える。しかもいずれ、孤児院を造るのが夢だったと言っていた。苦しい生活の中で、他人のために生きることを夢見、生きる糧としていたのだぞ！」

言ううちに、ますますルフィウスの感動は高まっていく。

「しかも、なにも返せぬのに厚遇を受けるいわれはない、自分は物乞いではないのだ、と私を見つめてはっきり言った。私はあのとき……大変な衝撃を受けた」

「なんと。そのような無礼なもの言いに、ルフィウス様はお怒りにならなかったのですか」

「どこが無礼だ」

ルフィウスは、ジロリと盟友を睨《にら》む。

「そのとおりではないか。私はつい、なんでも山ほど与えれば喜ぶだろう、弱い可哀想な者なのだから、と考えてしまったのだが……カレンは違った」

言いながらライリーを見ると、神妙な面持ちで聞いている。ルフィウスは続けた。

「カレンは自分に厳しく、他人に優しい。身体は細くとも、心がとても強いのだ。これを気高いと言わずして、なんという。ひどい環境に身を置いても、カレンの魂は神官よりも清く尊い。あのような志の高い青年が、我が王宮に何人いる。いや、ひとりとしておらぬのではないかと私は考える！」

ドン！　と机を拳で叩くと、ライリーはなぜか、ふっと笑った。

「ライリー。なにを笑う」

ムッとして尋ねると、ライリーは失礼いたしましたと謝ってから、こう言った。

「ルフィウス様は滅多に他人をお褒めになることはなかったのに、カレン様についてはことごとくお褒めになる。よほどのご執心なのだろうなと」

「執心……確かにそうだ。かつてないほどカレンに惹かれている。それは認めよう」

ルフィウスはきっぱり肯定した。

「その気持ちに、水を差す気はありません。ようやくルフィウス様にとって、真に心から求めるお相手が現れたことは、喜ばしく思います。ただ……」

ライリーの口調に、懸念が混じる。

「ルフィウス様が、あまり極端に……誰の目にも明らかなほどに、カレン様に肩入れをすれば、必ずや不平を言う者、やっかむ者が出てくるのでは、という不安が生じます」

「出てくるだろうな」

あっさりとルフィウスは言った。

「残念ながら貴族社会には常に、自分とは関わりがないのに、他人の栄進を妬むものがいるものだ。他の誰かがカレンの代わりになれるはずはないのだが」

「後宮の姫たちを追い出したことで、その身内からも不満の声が上がっているようです」

呆《あき》れたように言うライリーに、ルフィウスは表情を引き締めた。

「それはカレンが来なくとも、退去させると告げていたのだから、八つ当たりにすぎんだろう。さして問題とも思わん。一番厄介なのは……奴隷制に賛成の者たちだろう」

腕を組み、ルフィウスは鋭い視線をライリーに向ける。

「奴隷制廃止に反対する者たちが、密《ひそ》かに会合を開いているという話を小耳に挟んだ」

「私の情報網にも、そのような話が入っておりましたが、すでにルフィウス様もご存じでしたか」

うむ、とルフィウスはうなずく。

「そちらへの監視を怠らないようにしなくてはな。連中にとって、カレンの存在は相当に厄介なはずだ」

「そうですね。これまでも気をつけていましたが、今以上に警備を増やしたほうがいいかもしれません」

頼む、とルフィウスは盟友を、じっと見つめて命じる。

「私はこれまで自分のなすべきことを信じ、その道に邪魔な者に対して、容赦なく対応してきた。それはこの身が傷つくことを厭《いと》わず、怖いものなどなかったからできたことでもある。だが……今は違う」

ルフィウスは言葉を切り、厳しい声で言う。

「カレンになにかあったら……髪の毛一本でも傷つけられたら、私は正気を失うかもしれん。なんとしてでも、カレンを護《まも》りたいのだ」

そのかつてないほどに重々しい王の言葉に、ライリーは深くうなずいた。

宮廷で一か月ばかり過ごすと、カレンはようやく新しい環境を、受け入れるようになっていた。

とはいえ、まだなにをするにもまごついていて、慣れるところまではきていないようだ。身近なところでいえば、眠るためにわざわざ寝間着に着替えること、一度袖を通しただけの衣類、一晩使っただけの寝具を洗うために取り換えるというだけでも、カレンには驚きらしかった。

まだ綺麗です、まだ使えます、と小姓たちを引き留めることもあるという。

奴隷の生活から、いきなり宮殿暮らしになったのだから、当然といえば当然だろう。

日中はほとんど図書館で本の虫になっているので、ルフィウスの公務が休みのこの日は、ふたりで遠乗りに行くことにした。

「風も爽やかで心地よい。馬に乗るにはもってこいの日だ」

遠乗りの後は、市中を視察する予定になっている。

だからふたりともあまり華美でない、下級貴族の服に身を包んでいたのだが、何を着てもカレンは可愛らしいとルフィウスは思った。

淡い色のジャケットとベスト、そして乗馬ズボンにブーツといういで立ちのカレンは、嬉しそうに言う。

「はい。それにこの馬は、とても頭がよくて人間が好きなんです。大好きなんですけど、俺が乗れる日がくるなんて、思ってもみませんでした」

ルフィウスが遠乗りのために選んだのは、金貸しのオクタープから買い取った、カレンが世話していた馬の一頭だった。

毛艶も体格もよく、ルフィウスとカレンがふたりで乗っても、軽やかに地面を蹴った。

「いずれ俺も、ひとりで乗れるようになってみたいです」

背後からルフィウスに抱かれるようにして座っているカレンが、楽しそうに言う。

「そのほうが、馬だって重たくないですから」

「お前はいつも相手のことを気にかけてばかりいるが、馬に対してまでそうなのか。お前ほど痩せて軽ければ、ひとりでもふたりでも馬は気にしないと思うぞ」

笑いを含んだ声で言うと、カレンは恥ずかしそうに俯いた。

「……すみません」

「なぜそこで謝る。……そんな謙虚なところも愛しくはあるが」

ルフィウスが目的地に選んだのは、小高い丘の上に広がる草原だった。

ここならば、万が一にも怪しい者がいても、見晴らしがよすぎて近づけない。

もちろんそれでもふたりを遠巻きに見守るようにして、要所要所に護衛の者たちが見張りをしていた。

馬を低い木に繋ぐと、ルフィウスにうながされるようにして、カレンは高台から市中を見渡した。

「……カレン、どうだ。我がデイドロス王国は」

カレンは眼下に広がる石造りの城下町、塀の外に広がる商人たちの店や家、さらにはその外側の農地と農民たちの家を夢中で眺めている。

「凄いです。こんなに広かったのですね……！」

「あちらの丘の向こうにも、農地と果樹園がある。ここからだと見えないがな」

「綺麗ですね……こうして遠くから見ると」

どこか憂いを帯びた瞳でカレンは言う。

「それは、遠くからだと汚いものは見えない、という意味か？」

尋ねると、カレンはびくっとした。

「い、いいえ、申し訳ありません」

「私に謝る必要などない。いつも言っているではないか」

ルフィウスはできる限り、穏やかな声で言う。

「私はお前に、率直にものを言って欲しいのだ。見たままを、正直に」

「は……はい。それが……ルフィウスの望みなら」

カレンは言って、視線をルフィウスから街並みへと戻す。

「地図で勉強したので、ここからだとどこが見えるのか、よくわかります。あちらの北の……農地の近くの集落ですが。ここからだと整然として、すっきりした場所に見えます。でも貧しい人々が肩を寄せ合って暮らしていて……俺もそこの生まれでした。道は汚れ、井戸は壊れ、酔っ払いや盗賊たちが昼間でもうろつく場所です……」

「シーラ地区か。あそこは昨年手を入れて、かなり暮らしと治安は改善したと思うぞ。そうか、お前の出生地であったのか」

その言葉に、カレンは驚いたようだった。

「改善……！　そうだったのですか。よかった。それじゃ、近所にいた人たちは、今頃は安心して暮らしているんですね！」

きらきらと輝く目を見て、ルフィウスは嬉しかった。

「むろんだ。もちろん、まだまだ改善せねばならない地域は、いくらでもあるが」

「そうですか。あの場所が、ちゃんと住みやすい場所になってるんだ。よかったなあ。もし父さんが生きてたら喜んだだろうなあ……」

生まれた場所を見つめるカレンの瞳は潤み、独り言のようにつぶやいた声には嬉しさがこもっている。

その姿を見てますますルフィウスは、自分のしてきたこと、これからすることに間違いはなかったのだと自信を深めていた。

背後から細い肩に手を回すと、カレンはこちらを見上げて微笑んだ。

「ありがとうございます、ルフィウス。こんな景色を俺に見せてくれて。そして、俺の故郷を綺麗にしてくれて」

言ってカレンは、肩に置かれたルフィウスの手に、そっと自分の手を重ねてくる。

手が触れあっているだけだというのに、ルフィウスはどうしようもなく胸が高鳴るのを感じた。

(なんということだ。まるで、少年時代に戻ったかのように、この私が……ルフィウス・アルデラ・デイドロス十三世たるものが、ときめいてしまっている)

思わず唇に唇を寄せると、カレンはそれを拒まなかった。

甘美な花びらのようだ、と思いながらルフィウスは、その華奢な身体をしっかりと抱きしめた。

「どうした、カレン。なにをそんなに悩むことがある」

丘から街へと移動したルフィウスは昼食をとるために、カレンと共に料理店へと入った。高級というほどではないが、美味い料理を出すと評判の店らしい。

ルフィウスは当初から、カレンの気分転換の外出と街の視察を兼ねるつもりだったため、事前にライリーに調べさせ、あえて庶民たちが普段利用する店を選んでいた。

むろん、ふたりだけでなく周囲の席はあらかじめ予約をとり、護衛の者たちが市民を装って食事をとっている。

店内にはテーブルが十席ほどとカウンターがあり、なかなか広い。

観音開きの飾り窓には、陶器の人形がいくつも並べられて飾られている。

白っぽい土壁には直接木炭で花や風景が描かれ、棚の上にはぎっしりとワインの瓶が並んでいた。

その一番奥の窓際の席で、カレンはずっとメニューを見つめている。

「ええと、この、肉団子のシチューというのが美味しそうだなと思ったんですけど、やっぱりこっちのキノコのオムレツのほうが食べてみたいな、って思って……で、でも、こっちのシチューのほうにはパンもついてくるって書いてあるんです。だから、どうしようか迷ってしまって」

長年利用されているからなのか、擦り切れそうに黄色くなっているメニュー表を、カレンは本気で困り果てたという顔をして睨んでいる。

その深刻な顔にルフィウスは、助け舟を出す。

「それならどちらも頼めばいい。店員を呼ぶ」

「あっ、待って。そ、そんなに食べきれないし、それにあの、もしふたつ頼んでいいんだったら、ここに書いてある鴨肉のパイのほうが……」

「なら、それも頼めばいい」

「ええっ、食べきれないですって」

「残せばいいだろう。もったいないというのなら、残したものは持って帰れるよう包んでもらおう」

でも、となおもカレンは焦っている様子だった。

どうやらカレンは甘えることをまったく知らず、必要以上に望むことを恐れているかのようだとルフィウスは思う。

店員を呼び、注文を告げると、ルフィウスはカレンに向き直った。

「カレン。私はお前に、贅沢をしろとは言わない。ただ、欲しいものは欲しいと言ってもらいたいたのだ。それはそんなに難しいことか？」

「そんなことは……ないんですけど」

カレンはにぎやかな店内の、テーブルの上の様々な料理を楽しんでいる人々をちらりと見て言う。

「お、俺は、こういう、たくさん人がいて、楽しそうな食事の場に出ることは禁じられていたんです。みっともないし、汚いと怒られるから。だから、人の中に混ざっているだけでも、不思議な気持ちがして……」

当時を思い出したのか、カレンは小さくため息をつく。

「ルフィウスのおかげで、ここにいても怒られないってことは、頭ではわかってるつもりなんですが。急に世界が変わってしまった気がして……あんまり調子に乗ると、また突然もとに戻ってしまうんじゃないかと。そんなふうに思うんです」

なるほど、とルフィウスは納得した。

「では、カレン。少しずつ試してみればいい。お前は今日、城に戻るまで、なんでも望みを口にしろ」

「……はい？」

「これ以上は駄目だ、というところまできたら、そこで私がストップをかける。……そうしたら、今後はどこまで望みを言っていいのかわかるだろう」

この具体的な方法は、カレンには理解しやすかったらしい。

ホッとしたような顔をして、はい、と素直にうなずいた。

そして運ばれてきた料理を、嬉しそうに食べ始める。

「シチューとパン、美味しいです！　つけて食べるともっと美味しい」

「そうだな」

「鴨肉も、すごく柔らかくて！　だけど、オムレツがこんなに大きいと思わなかったから、これは……持って帰りたいです！」

「うん、そうするといい」

ルフィウスは、カレンを見ているとなんでも美味《うま》く食べられそうだ、と思いながら、肉料理とワインに舌鼓を打っていた。

「そ、それから、あの、なんでも望んでいいということだったので」

言うべきか迷っている様子のカレンだったが、決心した顔つきになる。

「お水以外の飲みものも……飲んでみたいものがあります！」

そうか、とルフィウスはあっさり了承した。

「なにが飲みたい」

「はい。メニューにある、柑橘《かんきつ》風味の、甘くて冷たいお茶、というのが……ど、どんな味がするんだろう、って思って」

（いくらでも飲めばいい！　お前が望むなら、果樹園ごと、茶畑ごとくれてやるというのに、なんとつつましく愛らしいのだ、カレン！）

決して高いものではないのに、おずおずと遠慮がちにねだるカレンが、ルフィウスには愛らしくてたまらない。

頬がゆるみそうになるのを必死にこらえつつ感動に打ち震えていたのだが、やはりそんなこちらの表情は、カレンには奇妙な反応に見えたらしい。

本当にいいの？　という顔でお茶を口にしていたが、それがまた可愛らしかった。

その後も食後の焼き菓子と果物を、カレンはおっかなびっくりしつつも追加で頼んだ。

そして、まだルフィウスがストップをかけないことに驚くと同時に、ようやく安心した顔を見せたのだった。


「あっ、あれ、あの水が出ているところを、よく見てみたいです！　こういう希望も、言ってみていいんですよね？」

食堂を出て、街の広場に移動したカレンが指さしたのは、円形の噴水だった。

「ああ、もちろんだ」

ルフィウスが了承すると、小走りにそこへと向かう。

「綺麗……！　小さな虹がかかってます！」

午後の穏やかな日差しが、水飛沫《みずしぶき》にキラキラと反射しているのを、カレンが指さす。

しかめっ面でうなずいたルフィウスだったが、もちろん頭の中では、お前のほうがずっと綺麗だ！　と叫んでいた。

水中には色とりどりの淡水魚が泳いでおり、レンガの縁に腰かけて、屋台の軽食や飲みものを楽しんでいる人々もいる。

その周りを走り回る子供たちや、キスを交わしている恋人たちもいた。

周囲の建物の窓辺には花々が飾られ、石畳にはゴミひとつ落ちていない。

この辺りは国の中でも、特に裕福な地域だ。治安がよく酔っ払いもいないし、人々もみんなこざっぱりとした綺麗な服を着ている。

そんな中でも、カレンの愛らしさと美貌は際立っていて、通りすがりに振り向いたり、頬を染める女性は一人二人ではなかった。

(そうだろう、そうだろう、お前たちの気持ちはよくわかるぞ。さすが私の民だ。カレンの魅力が存分に伝わっているようだな)

自分のことのように誇らしく思っていると、カレンがつま先立ちして、そっとルフィウスの耳に告げる。

「今の人たち、見ましたか。ルフィウスのことを格好いい、どこの英雄だろうと囁き合っていましたよ」

「うん？　私か。私のことなどどうでもいいのに、見る目のない者もいたものだ」

肩をすくめるルフィウスを、カレンは不思議そうに見た。けれど、好奇心の強いカレンは、すぐに次の対象に目を向ける。

「あっ、あれ、聴いてみたいです！」

「うん、私も行こう」

ルフィウスが言うのを待ってカレンが駆けていったのは、アコーディオン奏者と吟遊詩人のコンビだった。

「姫の姿の魔女は泣く　私を傍においで欲しいと　涙は真珠となり　城の床を転がって

やがては深い穴に落ち　王はそれを拾いに向かう　黒く深い　闇の底へと」

古い伝説をモチーフにした歌を、カレンはうっとりした顔で聴いている。

「とても悲しい歌ですけれど、綺麗な声ですねえ」

「そうだな。カレンは、音楽は好きか」

「……はい、多分。あまり聴いたことはないですが」

「では今度、私がハープシコードを弾こう。聴いてくれるか」

「はーぷし、こーど……？　なんですか、それは」

「楽器の一種だ」

「えっ。ルフィウスは音楽を奏でられるんですか！　凄いです、ぜひ聴いてみたいです！」

思わず大きな声を出してしまったカレンに、前にいた老人が振り向き、しーっ、と人差し指を立てる。そして、にっこりと笑った。

「ここからが、いいところなんじゃよ」

カレンは恐縮して謝罪しつつ、さらに吟遊詩人の歌に耳を傾ける。

そして聞き終わったころには、素晴らしかったと大喜びして拍手を送った。

その姿に、ルフィウスもすっかり機嫌をよくして吟遊詩人とアコーディオン奏者、さらには注意をした老人にも、気前よく金貨を振る舞った。


「楽しかったです！　街というのは、こんなに面白いところなのですね」

噴水の縁に腰かけて一休みし、赤い果実のジュースを口にして、カレンはうきうきとした口調と表情で言う。

それは休暇を楽しむ、年相応の青年に見えた。

もちろん、街にいる庶民とは身なりがあまりに違うので、お忍びで遊びに来た青年貴族、といった感は否めなかったが。

こんなふうに元気で潑剌とした姿を見られることが、ルフィウスは嬉しくて仕方がない。ごく当たり前の娯楽にカレンは縁がなかったと知っているから、なおさらだ。

「それはよかった。他にはなにか、希望はあるか」

「……え、ええと。いつルフィウスが、ストップというのか知りたいので……。じゃあ、あっちのお店の中も見てみたいです」

ルフィウスが視線の先を追うと、ガラス食器の店がある。

「食器に興味があるのか？」

「というか、綺麗なものは、なんだって見ていたいんです。つまり、俺にとっては、そういうものはみんな……珍しいので」

そうか、とルフィウスがうなずいたところに、様々な色で汚れた上着を着て、手に絵筆を持った男がふらりと近寄ってきた。

遠くで控えていた衛兵たちが、一瞬緊張して剣の柄《つか》に手をかけたのがわかる。

軽く彼らを目で制し、ルフィウスは様子をうかがった。

「あのう、よろしければ、私に似顔絵を描かせてくださいませんか」

男は黄色い帽子をかぶり、そこから長い白髪《しらが》がはみ出ている。手にも頬にも絵の具がついて、独特の油の匂いがした。

「お代はなくとも、結構です。こんなにまで姿かたちの美しいおふたりは、なかなかお目にかかれませんので」

見ると広場の端のほうに、男の縄張りらしき椅子と絵の道具が置いてある場所がある。

どうすべきかと迷ったルフィウスだったが、目を好奇心に輝かせているカレンを見て、引き受けることにした。

「……では、彼を描いてくれ。あまり時間はないが」

えっ、とカレンは驚いた顔をしたが、男は飛び上がらんばかりに喜んだ。

「ではでは、どうぞこちらへ。本当は、あなた様も私の作品にしたかったが、お若い方だけでも、ぜひ」

「ルフィウス……」

カレンはなぜか心細そうに、ルフィウスの手をきゅっとつかんだ。

「どうした。なにか心配か」

「い、いえ。そうじゃなくて、せっかく絵を描いてもらえるなら俺は、本当は……ルフィウスの絵が、欲しかったです」

「……俺の絵を？」

「はい。だってそうしたら、その」

カレンは恥ずかしそうに、もじもじとして俯いた。

「ルフィウスが公務のときも、俺が図書館にいるときも、いつも、ずっと一緒にいると思えるかな、って」

それを聞いた瞬間、ルフィウスはぎりぎりと奥歯を噛みしめ、眉間に思い切り深い溝を刻んだ。

そうでもしないと、歓喜のあまり踊り出してしまいそうだったからだ。

（カレン！　私を愛という拳で撲殺するつもりなのか！　ああ、思い切り抱きしめたい！

民の目など気にせず、この場で押し倒してしまいたい！）

当たり前だが、人前でそんなことをしたら王位が危うくなりかねない。

激しい愛情の噴出を、必死に耐えているとは知らない絵描きは、ルフィウスの表情を見て震え出していた。

「ああっ、あの、どっ、どうしても嫌なのであれば、私も命は惜しいので、あきらめますが」

「……いや。あきらめる必要はない」

感情を押し殺した声で、ルフィウスは重々しく言った。

そして、絵描きの道具と共に、以前に制作したらしき作品を眺めて気を変える。

「ぜひ描いてくれ。この青年と、そして私のことも一緒にだ」

はいっ！　と絵描きは思いきり頭を下げて承諾すると、早速ふたりの絵を描き始めるべく、用意を始める。

ふたりをベンチに座らせると、自分の折り畳み式の椅子を持ってきてその前に座り、画板を抱えた。

国王であるルフィウスは、自分の肖像画を街で描かれるわけにはいかない、と思っていた。しかし、了承したのには理由がある。

男が宣伝用に飾っていた絵の数々が、あまりにもへたくそだったからだ。

いずれカレンに贈るちゃんとした肖像画は、宮廷画家にでも仕上げてもらえばいい。けれど、カレンと一緒に街の広場で似顔絵を描いてもらう、という経験は、これはこれで貴重なものだ。なによりカレンがわくわくと、楽しそうにしているのがいい。

そうして出来上がった成人男性の背中ほどの大きさの肖像画は、ふたりには似ても似つかない、へんてこな仕上がりとなった。

けれどカレンは嬉しくてたまらない様子で、布に包んだそれを大切に胸に抱えている。

「俺、これをいつも持ち歩くようにします！　そうしたら、いつでもルフィウスと一緒にいる気持ちになれますから！」

そうか、とルフィウスは、恐ろしい形相でうなずく。

「ああっ、あの、申し訳ございません！　わ、私の技術はあまりにつたなく、へたくそだという自覚はございます！　け、けれど、なにとぞ命だけはお見逃しください！」

地面に頭をこすりつけて謝罪する絵描きに、上機嫌なルフィウスは金貨十枚を支払って、腰を抜かせたのだった。

「これはこれは、ようこそいらっしゃいました。ええ、覚えておりますとも！　雨宿りにいらしたお客様でございますね。あのときは奴隷と馬を買っていただき、本当にありがとうございました」

広場から移動したルフィウス一行を乗せた馬車が次に向かったのは、金貸しのオクターブの館だった。

カレンは通されたオクタープの部屋の、客用の椅子に座ってそわそわと落ち着かない様子を見せている。

ルフィウスは、初めてここでカレンに出会ったことを思い出す。

（あのときカレンは、本当に枯れ枝のように痩せていて、人相もよくわからないくらいに汚れていた。……ただ、澄み切った美しい瞳だけが、強烈に印象的だった）

今のカレンは、まだ痩せてはいるものの、どこからどう見ても貴族の知的な美青年だ。

小柄だから、美少年と思われることもあるだろう。

髪型や服装だけでなく、態度物腰も教育を受けて洗練されてきているし、天性の品のよさに磨きがかかっている。

そのためオクターブは、目の前で挨拶をしてさえ、カレンにはまったく気がついていなかった。

「さあ、坊ちゃまも、お茶をどうぞ。お大臣様たちにはお口汚しになると思いますが、今、茶菓子も持ってまいりますので」

坊ちゃまと呼ばれてカレンは驚いたらしく、目を丸くして元主人を見つめている。

オクターブはそんなカレンに、満面の笑みを浮かべて揉み手をした。

「しかしなんとまあ、賢そうな坊ちゃまでございましょう。お年のころからして、弟様でございましょうか?」

見当違いの質問に、ルフィウスは口をへの字にした。

「まあ、そのようなものだ」

「ではさぞかし、優秀なのでございましょうねえ」

と、そのとき部屋の扉がノックされた。

『失礼します。あの、すみません。今、店のほうで盗人が捕まって、他の店からも盗んだものが多くて、袋から金が溢れて拾ったり殴ったり、大騒ぎになっていて、それで、手がなくて』

「なんだと」

オクターブはサッと顔色を変え、急いでドアを開いた。

「親方に、これを持ってけ、って言われて」

そこに立っていたのは、かつてのカレンと同じくらいに汚れて痩せた、年齢的にはさらに幼そうな子供だった。

子供が差し出したトレイには、その手に持つにはあまりに不似合いな、クリームのたっぷりかけられた色とりどりの焼き菓子が並ぶ、金の縁取りがされた皿が載っている。

「だからと言って、お前のようなものがここに近づいていいと思っているのか！」

オクターブは、奪うようにしてそのトレイを受け取り、怒鳴るや否や廊下の奥に向かって、思い切り子供の腹を蹴り上げた。

きゃんっ！　という子犬のような悲鳴と、どすんという大きな物音が、扉の外から聞こえてくる。

「いやいや大変失礼いたしました、下僕の躾《しつけ》がなっておりませんで困ったものです」

言いながら振り向いたオクターブの脇を、カレンが走り抜けていく。

「ディール！　大丈夫か、怪我は……」

「……はて。いったいなぜ、そのような奴隷の名を……」

ルフィウスは立ち上がり、ポカンとしているオクターブの手からトレイを取り上げ、静かにテーブルに置いた。

「え？　なにを……」

そしてわけがわからない、という顔をしているオクターブの頬を、パン！　と平手で叩く。

「っわあ！　あいたたた！　なっ、なにをするのですか、貴重なバターをふんだんに使った、私でも滅多に食べられぬ逸品をご用意しましたのに！」

ルフィウスはその卑屈な様子に苛立《いらだ》ちを募らせつつ、カレンを追って廊下に飛び出る。

「どうした、大丈夫か」

するとそこには口から血を流して倒れ、痛みに苦しむ子供を、懸命に気遣うカレンの姿があった。

「ルフィウス！　この子はディール、まだ十歳になったばかりなんです。可哀想に、蹴られて倒れた拍子に、口の中が切れてしまったみたいで」

「なんだと。……これはひどい」

ルフィウスは、自らかがんでディールの傷の具合をみる。

ディールはまだ幼く、泥と埃に汚れた顔は涙で濡れていた。

けれど、食いしばっている小さな唇から、嗚咽《おえつ》は漏れない。泣くと余計に怒られることを知っているのだろう。

「すぐに医師にみせよう。……主！」

ずかずかと部屋に戻り、ルフィウスはおろおろしているオクタープに、鋭い視線を向ける。

ひっ、とその眼光にたじろぎつつ、オクタープは媚びた笑みを必死に浮かべた。

「なっ、なんでございましょうか。な、なにがお気に障ったのかわかりませんが、どうかお気を静めてくださいませ」

「そうか、わからぬか。だろうな、お前にはなにも見えていない。まったくなにもわかっていない」

ルフィウスは言って、開け放したままのドアの向こうで友人をいたわっているカレンを、視線で示した。

「あの青年。お前には見覚えはないか」

「はっ？　お、お坊ちゃまでございますか？　残念ながら私は庶民、かような上流貴族の青年と知り合う機会はないものですから」

「そうか。……カレン、その子は私の警護の者に任せて、こちらへ来い！」

はい、とカレンは気がかりそうにディールを見ながら、部屋へと入ってきた。

と、オクタープは目玉が転び出そうなほどに、目を剝いてカレンを見る。

「カ……カレン？　カレンと申しましたか？」

そうだ、と重々しくルフィウスはうなずく。

「先日、お前のところから貰い受けた青年だ」

「ま、まさか……旦那様は人が悪い。私をからかっていらっしゃるんでしょう？」

「なぜ私がお前ごときを相手に、そんなことをしなくてはならない」

ルフィウスは苛立ちを含んだ声で言い、カレンを隣に並ばせた。

オクタープは陰湿な光をたたえた小さな目で、穴が開くほどジロジロと、カレンの上から下までを眺めまわす。

恥ずかしそうに、カレンが口を開いた。

「あの、オクターブさん。お久しぶりです。カレンです」

ルフィウスの庇護のもと、たっぷりと栄養と睡眠を確保したカレンは、今や髪は艶やかに天使の輪を浮かべ、肌はしっとりと滑らかになり、仕立てのいい服に包まれた身体はまだ細いが、その優雅な身のこなしはほとんどもう、貴族のそれと変わらない。

「カ、カレン……あの、役立たずの……あっ、いえっ、あのっ、これはうっかりとんだご無礼をっ！　つ、つまり、そうではなくて、見違えてしまっておりまして」

色の悪いオクターブの顔には、冷や汗がだらだらと流れていた。

ルフィウスは呆れ果て、溜息をつく。

「カレンは実に優秀な頭脳を持っている。知的好奇心も旺盛だし、それに見合った才能も持っているが、それ以上に思いやりの心がある。このような青年を奴隷として働かせるなど、商人としてのお前の才覚は随分と低いな。この富はまっとうな儲けではなく、さぞやあくどいことをして手に入れたのだろう」

「めっそうもございません！　それはとんだ言いがかりというものでして。そ、それに奴隷を働かせることは、国に認められておるのです。文句がおありでしたら、それは王様にでも言っていただかないと……」

ふむ、とルフィウスはうなずいた。

「確かに、もっともな話だな。では、オクターブ。こちらにいる奴隷をすべて、私がもらい受けよう」

はい？　とオクターブは困惑する。

「すべて、とおっしゃいましたか。そ、それは困ります！　馬も急に全部お買い上げになられて、それはそれでもちろん儲けがありましたが、調達まで、三日ばかり不自由をいたしました。昨今は戦争もございませんので、市場には奴隷の数がとても少ないのです。ですから奴隷はガキ……子供ばかりでして、ようやくどうにか仕事ができるようになったばかりの者も多く」

「ではお前が、奴隷の代わりに働けばよかろう」

ルフィウスは傲慢に言い放つ。

「はあ？　いやあの、わ、私めはもっぱら頭脳労働を得意としておりまして、とてもそのような、身体の疲れる仕事などは」

「そんな仕事を子供にさせて、恥ずかしくはないのか？」

「子供と言っても、孤児の奴隷でございますよ。ちゃんと金を出して、奴隷商人から買い取った、正式な労働力です」

必死に釈明するオクターブに、ルフィウスはもう何を言っても無駄だと悟った。

「ならば正式に、私が全員買い取ると言っているのだ。それが今日、この館を訪れた理由なのでな」

パン、とルフィウスが手を打つと、警護のひとりが俊敏に駆け寄ってきた。

「この館にいる奴隷と思《おぼ》しき子供を、すべて集めろ。連れて帰る」

はっ、と警護の者は部屋を出て行き、オクターブは今にも泣きそうな顔になった。

「ほ、本当に困るのですっ。ガキども……こ、子供たちにはこれからも一生、この館で働いてもらうつもりでおりましたから、何十年も先を見据えた商売の計画が、いろいろと狂ってしまいます！」

顔を赤くし、唾を飛ばしてオクターブは懇願したが、ルフィウスは取り合わなかった。

「これだけの富が、すでにお前にはあるのだ。他人の人生を浪費せずとも、食うだけならやっていけるだろう」

それに、とルフィウスがもう一度手を打つと、先刻とは別の警護の者が駆け寄ってくる。

その手から革袋を受け取ったルフィウスは、それをどさっとテーブルの上へ置いた。

「もちろん、代金は払う。……では行くぞ、カレン」

部屋を出るときに、ルフィウスは青い顔で呆然としているオクターブを振り向いて言った。

「文句があるならば、国王に言え」

館を出て、馬車の近くに集められた子供たちを見て、カレンは嬉しさに瞳を潤ませ、頬を紅潮させていた。

「ああよかった、シャーリー。元気そうだね。リック、最近は咳《せき》は出ていない？　ローラ、また会えるなんて嬉しいよ。……ディール、口は痛くない？　濡れた布でちゃんと冷やさないと」

子供たちは、最初はカレンが誰だかわからずポカンとしていたが、やがてそれがかつて一緒に働いていた仲間だと知ると、目を丸くして驚き、再会を喜んだ。

どこへ連れていかれるのかについても不安そうにしていたが、カレンが自分の姿を示して言う。

「ごらん、俺はルフィウスのもとで、こんなに綺麗な服を着せてもらって、たっぷり食べて眠っているんだ。みんなもそうなるよ、安心して」

「……ホント？　信じられない」

「でもカレン、すっごく、きれえになった」

「ほんと、カレン、きえい」

「いっぱい食べられるの？　仕事はなにをするの？」

子供たちは男の子が五人、女の子が二人いた。

年齢はいずれも幼く、一番小さな子はまだ五歳だという。

その中には、かつてカレンが懐からパンを分け与えた少年もいた。

新たに大きな馬車を用意させたルフィウスは、数台に分けて子供たちを乗せる。

そして王宮に向かって動き出した馬車の中で、正面に座ってにこにこと嬉しそうにしているカレンに言った。

「カレン。あの子供たちの世話を、お前に任せたい」

えっ、とカレンの瞳が輝く。

「それじゃみんな、お城に連れていってくれるんですか？」

もちろんだ、とルフィウスはうなずいた。

「ルフィウス……！」

ガタッ、とカレンは立ち上がる。が、馬車の揺れでよろけ、とっさに差し伸べたルフィウスの手を取って、隣にストンと座った。

カレンはそのまま、ルフィウスの肩にすがるような体勢で、感謝の言葉を口にする。

「ありがとうございます……あの子たちを助けてくれて！」

「言っただろう、カレン」

ルフィウスはその身体を抱き寄せ、髪を優しく撫でる。

「どこまで望んでいいのか、試してみろと」

「え……。ま、まだそのお話は、続いてたんですか」

カレンは言って、考え込む顔になる。

そしてルフィウスを上目遣いに見て、迷いながら、ゆっくりと思いを口にした。

「じゃあ、……それじゃ、言います。俺の今、住まわせてもらっている宮殿に……あの子たちを、住まわせて欲しいです！」

「うむ。そうしろ」

「そっ、それから、あの子たちに、文字を教えたいです！　あの中に字を書ける子はいなくて、読める子が一人しかいないんです」

「お前ひとりで大変なら、教師を宮廷から用意する」

ルフィウスが答えるとカレンは嬉しさにふるふると震えながら、次になにを望むか、一生懸命考えているようだった。

「そ、それから、お腹いっぱいあの子たちに、ご飯を食べさせてやりたい！　甘いものなんか、食べたことのない子がいます。腐ってないお肉の味を知らない子もいます！」

「お前と同じように、三食たっぷりと食べさせねばな。健康でなくては、勉学にも身が入らんだろう」

ルフィウスが応えると、カレンは首に飛びついてきた。

そしてしっかりと抱きついて、涙声で言う。

「……望みを口にすると、それが叶う。なんて凄いんだろう、あなたは」

「別に凄くはない」

ルフィウスは、背中に手を回して抱きしめ返した。

「私はただカレンに、甘えるということを覚えて欲しいのだ。……少しはわかったか？」

その言葉にカレンはもう声もなく、ルフィウスにすがりつくようにしてうんうんと、何度もうなずいた。

◆◆◆

現在のカレンの住まいである、元後宮。

そこはルフィウスが、一度はあきらめたにもかかわらず、再度『麗しのカレン宮』と命名しようとして、あまりに恥ずかしい、とカレンが半泣きで懇願してやめてもらった。

代わりに現在この場所は、知恵の神から名前をとり、オーディス宮と呼ばれている。

その小宮殿の午後の中庭には、金色の日差しが降り注ぎ、カレンの好きな水色や黄色の花々が咲き誇っていた。

「みんな、もう目隠しを取っていいよ。今度は誰が一番かな。さあ、始め！」

カレンがパン、と手を叩くと、子供たちは一斉に中庭のあちこちに散っていった。

いずれもオクターブの館から連れてきた子供で、すでに身体は洗い清められ、服もこざっぱりとした仕立てのよいものに取り換えられている。

最初は栄養状態が悪く、ふらふらしていた子もいたのだが、消化のよい滋養たっぷりの食事をとって一週間ばかりすると、いずれも元気いっぱいになっていた。

奴隷として暮らしてきた子供たちは、カレンも含めて『遊び』というものをよく知らない。

そこでカレンは頭をひねり、簡単な宝探しのゲームを考えて、子供たちを遊ばせていた。

(ほとんどの子は、心から笑う、楽しむ、ということを知らないはずだ。俺だってそうだったもの)

夢中になってベンチの下や、花壇の石の後ろを覗き込む子供たちを、カレンは目を細めて眺めながら、かつての自分に思いを馳《は》せる。

(命令されて体を動かす。それ以外のことはやっちゃいけない。やってしまったら罰が待ってる。疲れ果てて眠って、空腹が苦しくて目が覚める。その繰り返しを死ぬまで続けることが、生きるっていうことだった)

ルフィウスに引き取られた子供たちも、最初の三日はどれだけ食べていいのか、いつまで眠っていいのか、自由に行動するとはどういうことなのかわからず、おろおろしているように見えた。

一番年上の十二歳の子は、このあまりの好待遇を最初は怪しんでいたのだが、カレンの話を聞くうちに、やっと信じて警戒を解いてくれていた。

「カレン！　みっけた！」

六歳のシャーリーは、茂みの中から油紙に包まれた、砂糖菓子を握って走ってくる。

「早いな、シャーリー！　もう三つ目じゃないか。宝探しが得意なんだな」

うん、と頬を紅潮させているシャーリーの頭を撫でると、八歳のローラが半べそをかく。

「ねえねえ、カレン。あたし、まだ見つけられない……」

「大丈夫だ、ローラ。まだまだ宝物はいっぱいあるんだから。それに見つけられなくたって、おやつの時間にはどっさり美味しいお菓子が食べられるぞ」

「本当に、本当？　また美味しいお菓子、食べていいの？　ぶたれない？」

「そうだ、言っただろ。これからは毎日、お腹いっぱい食べられるんだ」

「どうして食べられるの？　仕事しないのに、なんで叱られないの？」

まだどこか、一抹の不安を抱いている子供たちに、カレンはにっこり微笑んだ。

「それはね。ルフィウスが俺たちを護ってくれているからだよ」

カレンは言って、王宮の方角を指さした。

ふーん、とまだ半信半疑の子供もいるが、納得してキラキラした目でカレンの指の差すほうを見つめている子供もいる。

この様子を、中庭の四方、そして窓から警護の衛兵たちが見守っていた。

「……華奢で愛くるしくて、なんだかまるで、絵のようなお姿だ……」

「うん。緊張感を欠いてはいかんと思っているが、ついつい見惚れてしまうな。カレン殿を見ていると実に癒やされる」

「お美しく、慈愛に満ちて……まさに聖母と天使たちのような……」

そのつぶやきは、カレンの耳には届かなかったが、衛兵たちはカレンに対してとても好意を持ってくれているらしいことはわかっていた。

ルフィウスがいないときにも、なにかとカレンを気遣ってくれているし、用を足したいという子供がいると、すぐに飛んできて厠《かわや》へ連れていってくれる。

駆け回って転んだ子供を、抱き上げて救護棟へ運んでくれたこともあった。

（高熱を出して苦しんでも、働けと鞭で打たれた俺たちを……階段から転げ落ちて、足をくじいても仕事を続けなくちゃならなかった俺たちを。ここではみんな、こんなに優しくしてくれる）

それもすべてはルフィウスの庇護《ひご》のおかげなのだ、とカレンは実感していた。

そして仕事の合間を縫って、ルフィウスも昼に一度は必ず、カレンに会いにやってくる。

「陛下の御成《おな》りでございます！」

小姓が告げると、カレンを見て頬を緩めていた衛兵たちはビシッと背筋を伸ばし、顔をきりりと引き締めた。

POSTCARD

STAMP HERE

1 0 1-8 4 0 5

東京都千代田区
神田三崎町2-18-11

二見書房
シャレード文庫愛読者 係

通販ご希望の方は、書籍リストをお送りしますのでお手数をおかけしてしまい恐縮ではございますが、**03-3515-2311までお電話くださいませ。**

＜ご住所＞ □□□-□□□□

＜お名前＞ 様

＜メールアドレス＞

*誤送を防止するためアパート・マンション名は詳しくご記入ください。
*これより下は発送の際には使用しません。

TEL	職業／学年
年齢　　　代	お買い上げ書店

Charade 愛読者アンケート

この本を何でお知りになりましたか？

1. 店頭　2. WEB（　　　　　）　3. その他（　　　　　　　）

この本をお買い上げになった理由を教えてください（複数回答可）。

1. 作家が好きだから（ 小説家・イラストレーター・漫画家 ）

2. カバーが気に入ったから　3. 内容紹介を見て

4. その他（　　　　　　　）

読みたいジャンルやカップリングはありますか？

最近読んで面白かった BL 作品と作家名、その理由を教えてください（他社作品可）。

お読みいただいたご感想、またはご意見、ご要望をお聞かせください。

作品タイトル：

ご協力ありがとうございました。
お送りいただいたご感想がメルマガに掲載となった場合、オリジナルグッズをプレゼントいたします。
HP のご意見・ご感想フォームからもアンケートをご記入いただけます ➡

「ルフィウス！」

中庭に入ってきた堂々たる姿に、カレンは駆け寄る。

公務が多忙で一週間ほど会えなかったルフィウスは、威厳のある顔と声で言う。

「……みなすでに、走り回る元気が出てよかったな」

「はい！　おかげさまで、みんなほっぺたも赤みが差して艶々して、声も大きく出るようになりました！」

「それはよかった」

ルフィウスは言い、集まってきた子供たちの頭を撫でる。

「明日には広間に準備が整う。そうしたら……」

「そこでみんなで、勉強できるんですね！」

カレンが喜んで言うと、ルフィウスはうなずいた。

「簡単な読み書きから始めて、算数も学ばせよう。それから楽器や工作、それぞれ得意なものを学べばいい。いずれ、国の役に立つ頭脳に育つかもしれん。また、そうでなかったとしても、学んだ経験は無駄にはならないだろう」

「ルフィウス……なんてお礼を言っていいのかわからない」

カレンは感激して、涙目になって微笑んだ。

「俺はこの子たちが、どんなひどい状況にいたのかよくわかっています。それがこんなふうに、お腹いっぱいにご飯を食べて、笑ってはしゃいで、柔らかい布団で眠れて……そのうち文字が読めるようになるなんて、夢みたいです」

「礼などいらん。むしろ、もっと早くそうできなかったことを詫《わ》びたいくらいだ」

ルフィウスは、子供たちを眺めて言う。

「しかし、カレン。一日のうちでお前に会える時間を、子供たちに取られてしまうのは少々寂しい。せめてお茶の時間くらいは、ふたりきりになりたい」

精悍《せいかん》な顔で、拗ねた子供のようなことを言われ、カレンはくすりと笑ってうなずいた。

するとルフィウスは、サッと顔つきを厳しくし、鋭い声で言った。

「衛兵！　私とカレンはしばしここを離れる。しっかり子供たちを護衛しろ！」

ルフィウスは命じ、カレンの背に手を回して、オーディス宮の中へと移動した。


「本当に、ありがとうございます。子供たちも少しずつ慣れてきたみたい」

うむ、とルフィウスは重々しく言って、カレンにひとり掛けの椅子を指示した。

「そこへ座れ、カレン」

「はい。でも、あの。ここではなにをするのですか……？」

カレンがそう尋ねたのは、招き入れられた部屋が、いつもお茶の時間に使用している場所とは違ったからだ。

広い室内にはいくつかのソファの他に、素晴らしい絵が描かれたテーブルのような、不思議なものが鎮座している。

ルフィウスは立っていって、そこに備えつけられている椅子に腰を下ろした。

「これが、ハープシコードだ。この前、噴水の近くで話しただろう」

「えっ。それが、楽器なんですか？」

それは笛や太鼓くらいしか知らなかったカレンには、信じられないくらい大きな楽器だった。そもそも、どうやって音を出すのかすらわからない。

座ったまま、首を伸ばしてしげしげと見つめていると、姿勢よく座ったルフィウスは優雅に両手を広げた。

そして、たくさんの縦になって連なる黒い板のようなものに、そっと手を乗せた瞬間。

信じられないほどに美しい音色が、テーブル上のものから溢れ出した。

(――す、すごい……！　なんて綺麗な音なんだろう。いくつもの音が重なって、複雑に絡まり合って……なんて美しい曲なんだろう……！)

カレンは一瞬にして、その音楽の虜《とりこ》になってしまった。

ルフィウスは彫像のような美しい横顔をこちらに見せ、無心に指を動かしている。

その指が滑ると、きらきらと宝石のような音色がカレンの耳に飛び込んできた。

(ルフィウス……。こんなあなたを、初めて見た。普段は怖いくらいに男らしいけれど、

今のあなたは繊細で気品があって……本で知った、美麗という言葉は、こういう人のためにあるのかもしれない）

窓からの光がルフィウスの銀髪を輝かせ、カレンは思わずこの姿に見惚れてしまっていた。

鍵盤に視線を落としたルフィウスの目は、まつ毛がとても長いのだと今更気がつく。すっと通った鼻筋、薄く開いた形のよい唇。ときに力強く、優しく鍵盤を叩く長く綺麗な指。

カレンは自分の頬が我知らず火照っていたことに気がついた。思わず顔に手をやって、そしてますます赤くなる。

（人に惹かれる、というのはこういうことなんだろうか。いつまでも、こうしてルフィウスを見ていたい。近くに存在を感じていたい。許されるなら永遠にでも……）

うっとりとしているカレンを前に、ルフィウスはさら二曲、魂のとろけるような演奏を披露してくれたのだった。

カレンがハープシコードを堪能した後、お茶を飲もうとルフィウスは再び部屋を移動した。そして小姓たちがテーブルにお茶と菓子を用意して退室していくと、正面に座っていたルフィウスが、カップを片手に言う。

「カレン。ハープシコードはどうだった」

「はいっ、素晴らしかったです！　またぜひ、聴かせてください！」

「うん。たまに気晴らしに弾いていただけだったが、お前がそんなに喜んでくれたのなら、また弾こう。それに、カレンに教えるのも悪くないな」

「俺が触ってもいいんですか？　あんなに繊細な音が出るものを！」

「そんなに簡単に壊れるものではない」

ルフィウスは言いながら、カレンの取り皿に大きなガラスの器から、焼き菓子を取り分けてくれる。

「あ、ありがとうございます。でも、あんなふうに右と左の手がバラバラに動くなんて、俺にはきっと無理だと思います。……ルフィウスはすごいです！」

カレンは夢中で、ルフィウスを褒めたたえる。それくらい、ハープシコードの演奏に感激していたのだ。

「弾いているルフィウスも、とても素敵でした。なんだか、まるで天上の夢を見ているみたいで……あなたのような人に出会えて、こんな幸せな時間を過ごすことができて……本当によかったと感じました」

カレンが言うと、ルフィウスはカップを置き、唇を引き結んで押し黙る。

その男らしい眉は吊り上がり、頬は精悍に引き締まって、わなわなと震えていた。

「あっ、あのっ、勝手に俺がそう思ってしまって、ごめんなさい！　ええと、俺は言葉の使い方が間違っているのかもしれないけれど、悪気は全然なくて……！」

焦るカレンに、ルフィウスは恐ろしい顔つきで押し黙ったまま、立ち上がった。

そしてなぜか、長椅子の方へと移動して腰を下ろす。

「カレン。こちらへ来い」

「は……はい」

焦りながら意図がわからず、カレンが長椅子の端に腰を下ろすと、ルフィウスはその身体をぐいと引っ張った。

「えっ？　ええと、あの、ごめんなさい、ごめんなさい！」

ルフィウスのほうに向かって身体が横倒しになり、折檻されるのではないかとカレンは思ったのだが。

ルフィウスは、ポンポンと自らの膝を叩いた。

「なにを謝っている。そんな必要はないから、ここに頭を乗せてみろ」

「は、はあ。足に、俺の頭をですか？」

「うむ。巷《ちまた》では、これは膝枕と言うらしい」

膝を枕代わりにするから膝枕。なるほど、とカレンは納得した。

「ええと……では、これでいいんでしょうか？」

本当に怒っていないのだろうかとまだ心配しつつ、ぽて、と小さな頭を膝に乗せようとしたが、どうもおさまりが悪い。

「それでは落ちてしまうだろう。もっとこちらに頭を寄せろ」

「はい。でもそれだと、腿《もも》枕になってしまうと思うんですが」

カレンの言葉に、ルフィウスは眉間にしわを寄せた。

「確かにそうだな。だが、これでいいはずだ。……どうだ」

えっ、とカレンは頭のかなり上のほうから聞こえる、ルフィウスの問いかけに考え込む。

そして目を閉じて、ゆっくりと今の気分を言葉にしていく。

「ええと、温かいです。それに……なんだか、安心します。静かで……お茶のいい匂いと、ルフィウスのつけている、爽やかな香油のにおいがします」

自分の髪を、優しく撫でるルフィウスの手のひらを感じながら、カレンはだんだんと夢見心地になってくる。

「とても気持ちいい……いつまでもこうしていたいです」

「そうか。では、これからはこうしたくなったら、いつでも言え」

「これも、望んだことがなんでも叶うことの、ひとつなんですか？」

「そういうことだ。いいか、カレン」

ルフィウスはいつもの怖い顔で、ひとつひとつ説得するかのようにカレンに言って聞かせた。

「抱っこして欲しい。キスして欲しい、スプーンで料理を食べさせて欲しい。そうしたことを、もっと私に望め。わかったな」

「そっ、そんなことまで、俺が王様にお願いできるんですか！」

「うむ。遠慮なく言え。もちろん、知りたいこともなんでも聞け」

ルフィウスの言葉を聞くうちに、あ、とカレンは以前から疑問に感じていたことを思い出した。

「それでは……前から思っていたけど、聞きにくかったことがあるんです」

「うん？　なんだ」

「その、つまり。ルフィウスは……その。どうして時々、とても怖い顔をするんですか」

尋ねると、ルフィウスは虚を突かれたようだった。

「そ、そうか。怖い顔に見えるか」

「ご、ごめんなさい、変なことを言って。でも、あの。怒られるのかな、って思っていると、全然そうではないから、とまどってしまうことがあるんです」

ふむ、とルフィウスはしばらくどう説明していいのか、考えているようだった。

それから難しい顔をして、話し始める。

「私は他人に本心を悟らせないよう、心がけて生きてきた。気持ちがたかぶっても、それは顔に出さない。私が困ることを知り、そこを弱点と思う者もいるだろう。私が喜ぶことを知り、それを巧みに利用する者もいるだろう。上手く演技をすればいいのだろうが、そういう腹芸は苦手だ。嘘も愛想笑いも嫌いだからな。……だから」

ルフィウスは、これだけは隠しようのない、慈しむような目でカレンを見つめる。

「凄まじくお前を愛しいと思うとき、その感情を見せまいとすると、こらえるためにどうしても恐ろしい顔つきになってしまうのだ。自覚しているのだが、どうにもならない。怖がらせて、悪かったな」

「え……っ」

では、鬼のような顔つきだ、と恐ろしく思っていたとき、いつもルフィウスは自分のことを愛しく想っていてくれたというのだろうか。

(じゃ、じゃあ、ずっと前のあのときも、この前のあの顔も。さっきの、演奏を褒めたときも……？)

これまで何度が見た、その時々のことを思い出して、カレンは顔が熱を持つのを感じた。

そんなにまで自分を思っていてくれたのか、という嬉しさと、王族として生きることの大変さに、カレンは胸を打たれる。

「……で、でも、どうしてですか」

カレンは身体の向きを変え、真下からルフィウスを見上げた。

「どうして俺のことを、そんなにまで想ってくれて、よくしてくれるんです。いくらでも代わりのきく、安値の奴隷だった俺に」

「お前がどこかの国の王子でも、私は惹かれただろう」

ルフィウスは厳かに言った。

「苦境の中で生き生きとした目をして働き、弱い者を助ける志を常に持つお前であったなら。身分など関係ない」

「ルフィウス……」

「あの場所でお前を見つけられたのは、神の思し召しに違いない。私はずっと、奴隷にも貴族にも、均等に価値があると思ってきた。お前は私にとって、誰より価値があると感じたから、どうやってでも手に入れたい。そして大切にしたいと感じたのだ」

「嬉しいです。そんなふうに想ってくれて」

照れながらもカレンが微笑むと、ルフィウスは愛しそうに頬を撫でた。

「私が見つけなければ、お前は苦しい生活の中で、身体を病んでいたかもしれない。そう考えると一刻も早く、奴隷制を廃止したいのだがな」

ルフィウスの表情が、わずかに曇った。おそらく、そう簡単にことは運ばないのだろう、とカレンは思う。

なにしろカレンが生まれたときから、世の中とはそういうものなのだ、と感じるくらいに奴隷がいることは当たり前だった。

急にいなくなれば、奴隷商人も奴隷を使って商売を成り立たせている者も、それどころか奴隷本人もとまどってしまう。

カレン自身だって、いきなりもう奴隷ではないとルフィウスに言われたとき、それならどうして生きていけばいいのだろうと悩んでしまったくらいだ。

けれどルフィウスには、こうした現状は我慢できないものらしい。

「奴隷の中でも、特に幼い者の受け皿は、学《まな》び舎《や》を兼ねた孤児院という形で、だんだんと準備ができているのだが。おとなのほうはさらに時間がかかる。まずは宿舎を用意し体調を整えさせ、まともな賃金で雇う先を募って確保する。その準備が整ってから奴隷制の廃止に持っていくつもりだ」

自信に満ちた声でルフィウスは言うが、反発も大きいに違いない。

(それでも……この人は、きっとやり抜くんだ。自分の理想の国造りのために)

端正な、彫像のような顔を見ていると、カレンは胸がドキドキしてきた。

そしてこれまで何度も見てきた鬼のような形相を思い浮かべ、その都度ルフィウスが自分に向けてくれていたであろう想いに感動する。

もうすっかりカレンの中で、ルフィウスは特別な人になっていた。

「厄介な仕事だが、やりがいはある。それにカレンがこうして楽しそうに子供たちと過ごしていると、やる気がわく」

「それなら嬉しいです！　俺にもなにか、お手伝いできることがあるといいけれど」

「それならばカレンが学んだことを、今度は子供たちに教えてやって欲しい。もう、読み書きはかなりできるのだろう？」

「はい。難しい専門書だと、まだ少しつっかえるところがありますけど。外国語も少し覚え始めました」

カレンの返事に、ルフィウスは満足そうにうなずいた。

「優しく、知性に溢れ勤勉で、慈悲の心を持ち、子供たちを愛する心を持っている。……カレン。私からもお前に、叶えて欲しい望みがある」

ふいにそんなことを言われ、なんだろうと思ったものの、内容を聞く前に即座にカレンは了承した。

「はい！　ルフィウスが望むことなら……俺にできることならなんでも、喜んで！」

返事をしながら上体を起こしたカレンを、ルフィウスは膝の上に乗せたまま、自分のほうへ向けて座らせた。

そして、まっすぐにカレンの瞳を見つめながら言う。

「カレン。どうか、私の正式な伴侶になってくれ」

「はん……りょ……？　伴侶、ですか!?」

カレンにとっては、耳慣れない言葉だった。けれどこれまでの勉強で、それが結婚と同等の意味を持つことを思い出して、ぎょっとする。

「えっ、ええと、俺、なにか間違って覚えているかも。伴侶って、なんでしたっけ」

「私と結婚してくれ」

ルフィウスは、ずばりと言った。

「我が妃になって欲しい。と言っているのだ」

じわじわと頭に染み込むようにして、カレンがルフィウスの言っていることを把握した瞬間。

「えええええ！」

カレンは弾かれたようにルフィウスの膝の上から床に下り、部屋の隅まで後退《あとずさ》ってしまった。

「どうした、カレン。なぜ逃げる」

驚いたように立ち上がり、手を差し伸べてくるルフィウスに、カレンはいやいやと首を左右に振りながら答える。

「なぜって、へっ、変なことを言うからです！」

「いったい、なにが変なのだ」

ルフィウスは心底不思議そうに問う。

「私はお前を愛している。だから結婚したいし、妃になって欲しいのだ。そんな、幽霊でも見るような顔をされたら悲しくなってしまうぞ」

「だだ、だって」

壁際まで後退したカレンは、慌てながら自分を指さす。

「おっ、俺に言ってます？　俺がなるってことですよね？　お妃様に？」

「そうだが」

「そっ、そっ、それはでもあの」

カレンはあまりの驚きに、口をぱくぱくさせてしまう。

「俺は、奴隷で……今は違うけど、奴隷だったし……。いくら次のお世継ぎが、血筋とは関係ないって言っても、無茶というか……あっ。なんだ、そうか。もしかして、俺をからかってるんですか？」

冗談なのではないか、とカレンはやや笑いを含んだ声で言ったのだが、ルフィウスの表情は真剣そのものだった。

「私は愛について、不真面目に語ることはしない。そして出自など気にしない。むろん、国益を損なうならば考えなくてはならないが。……むしろ、カレン。これから私が造っていく国に、お前ほど相応しい妃はいないだろう。元奴隷も王も対等なのだと、世に知らしめるいい機会だ」

カレンは右手と左手で、交互に額の汗を拭いながら、なんとか辞退しようと試みる。

「で、でも、俺が妃なんていくらなんでも、そんな」

まだとても信じられないカレンに、ルフィウスは根気よく説得する。

「なぜそんなに慌てる。いったいどこに問題があるというのだ」

えっ、とカレンは言葉に窮する。

「なぜって……だって、偉い人の、尊い血筋の一族に、俺が加わるなんて……」

「その血筋に愚かな者がいないという保証はあるか？」

「か、考えてみたこともないです。すみません」

思わず謝ると、ルフィウスの表情はふっと和む。

「だろうな、無理もない。私の臣下ですら、考えたことはないだろう。……しかし、私は思うのだ」

ルフィウスは、どこか遠い目をして言う。

「王家の血を引く無能な者と、庶民だが有能な人格者がいたとしよう。自分の暮らしを左右する政を決めるのであれば、私は後者に従いたい」

カレンは一生懸命頭を巡らせた。

「ルフィウスの……言っていることは、俺はわかった……と思います。だけどそんなこと、お城だけじゃなくて……国中の人たちに許されるんですか？」

困惑して言うと、ルフィウスは白い歯を見せた。

「もちろん、許される。なぜなら今現在、この国の王は私だからだ。私が新しい次の世を造る。そう決めたのだからな！」

宣言したルフィウスの瞳には、炎が宿っているようにカレンには見えた。

（……すごい。この人は本当にすごい、神様に選ばれた人なんだ。国を造り、国を変える……偉大な王様……）

圧倒されて見つめるカレンに、ルフィウスは言う。

「どうだ、カレン。私の結婚の申し込み、受けてくれるか」

ハッ、とルフィウスに見惚れていたカレンは我に返った。

「そっ、それは、待ってください、心の準備が」

「お前ほど玉座の隣、正王妃の座に相応しい者はいない」

そんなバカな！　とカレンは焦りまくる。

「だってこの前まで、野菜のくず拾いをしてたのに！　雨水を飲んで、お腹を壊してたのに！　そ、その俺がお妃様っていうのは、ちょっと……なんか違います！」

「そんなことはないと言っている」

ルフィウスは、少し拗ねたような顔をする。

「私はもう、生涯の伴侶はカレンしかいないと心に決めているというのに。カレンは、私が他の者と添い遂げてもいいのか？」

ええっ、とカレンはまたしてもうろたえる。

「それは……それは、ええと……」

答えあぐねていると、ルフィウスはおいでと言うように、手招きをした。

カレンはふらふらとルフィウスの元へ戻り、その手に引っ張られて再び正面から、ルフィウスの膝の上に座る。

力強い腕が、カレンの背中に回された。

しっかりと抱きしめられ、分厚い胸板に密着すると、なんともいえない充足感がこみ上げてくる。

（ルフィウスの、いい匂いがする。……安心するのに、ドキドキする。いつまでも、ずっとこうしていたい）

奴隷という苦しい状況から自分を救い、新しい世界への扉を開いてくれた人。

人のぬくもり、優しさ、学ぶことの楽しさ、甘えることの心地よさを教えてくれた人。

生きることの素晴らしさを、ルフィウスはカレンに教えてくれた。

だから生涯かけて尽くしてお礼をしたい。

最近では、そんなふうに思うことがある。だが、そのようにルフィウスが誰かと結婚する、と考えると、恩返しをしたいという純粋な気持ちだけではいられない自分に、カレン

は気がついた。

（――イヤだ）

どこかの美姫と並んだルフィウスを想像すると、心臓がぎゅっと痛む。

（我儘かもしれないけど、イヤだ。こんなこと、王様に対して考えたらいけないのかもしれないけど、だけど……そうだ）

『望みをどこまで叶えてもらえるのか』についての、ルフィウスとのやりとりをカレンは思い出す。

そこでカレンは心に浮かんだ願いを、素直にそのまま言ってみることにした。

「お、俺は、さっきの膝枕とか、俺だけがしたいし、それに、手を繋いだりもしたいです……あの、それで、もしも可能なら……ですけど。俺とだけしてくれたら、嬉しいなって」

ひた、とルフィウスを見つめ、カレンは言う。

「この願いは、叶えてもらえますか」

するとルフィウスは、またしても鬼のような怖い形相になる。

けれどカレンはもう、この顔をしているときのルフィウスが怒っているわけではないことを知っている。

だからむしろこの顔が愛おしくて、見られたことが嬉しいくらいだ。

（凜々《りり》しくて、格好いい……。なんて男らしくて精悍な表情をするんだろう……！）

うっとりと見惚れて返事を待っていると、整った形の唇から、囁くような低い声が漏れる。

「……もちろんだ、カレン」

「他の人と、結婚しないでくれ」

「それは俺の申し込みを、了承してくれたと受け取っていいんだな？」

カレンはぎゅっと目を閉じて、はいっ、とうなずいた。

その身体を、ルフィウスは思い切り抱きしめた。

「ありがとう、カレン……」

囁いて、ルフィウスは少しだけ身体を離す。そしてそっとカレンの顎に指がかけられ、上向かせられる。

甘い口づけを交わしながら、カレンは本当に夢の中にいるようだ、と感じていた。


オーディス宮での日々は、まさに夢のように過ぎていった。

ルフィウスが公務でいない日中は、図書館で過ごしたり、子供たちの相手をして過ごす。

警護をしている衛兵たちは、みんなカレンや子供たちに親切で、愛想がいい。

唯一困ってしまうのは、カレンが働くことを許してくれないことだった。

「カ、カレン様！　そのようにお手を汚して床を拭くなどということは、どうかおやめくださいませ！」

「だって、夕食までの時間が余っているし。子供たちがどうしても、泥遊びをして歩くと汚れてしまうから」

なにが悪いのだろう、と不思議そうにカレンは答える。

樽に水を入れ、布でごしごしと大理石の床を磨いていると、衛兵が飛んできたのだ。

「ちゃんと掃除係がいるではありませんか」

「でも、先に見つけたのは俺だから。わざわざ頼んで人にやらせるより、自分でやったほうが早いでしょう」

「そ、そういう問題ではありません」

カレンはこの調子で、何度も注意を受けている。窓ふきもゴミ拾いも、途中で制止されてしまうのだ。

「俺、働くのが好きなんです。ルフィウスの好意でここに住んでいますけど、別に偉くなったわけじゃないので」

そう説明するのだが、衛兵たちも小姓たちも、カレンが働いていると泡を食って止めに入った。

カレンより頭ひとつ大きな衛兵は、困り切った顔をする。

「そんなところも、素晴らしいお人柄の一環なのだと思いますが、ルフィウス陛下の大切なお方は、我々にとっても大切なお方なのです」

「大切な人間だって、掃除やゴミ拾いをしてもいいいんじゃないですか?」

「いえあの、お立場の問題と言いますか」

「だから、俺は貴族の立場でもないし、働くのは慣れてるんです。……あっ、衛兵さんの服の袖、ほつれてますよ。直しましょうか」

ええっ、と衛兵は目を剝いた。

「と、とんでもありません! カレン様のお手を煩わすなど、とんでもない!」

「……俺、上手いんだけどなあ。このままなにもしないでいたら、つくろいものも皮剝きも、なにもできなくなっちゃいそうだ」

たまには小姓たちの手伝いをさせてもらえるよう、ルフィウスに頼んでみようか、とカレンは思う。

仕方なく中庭に行き、雑草を抜いてみたのだが、それも庭師に見つかって、お願いだから仕事を取らないで欲しいと言われてしまった。

(自由に暮らすっていうのも、難しいなあ。好き勝手にしていいわけじゃない、ってわかってはいるんだけど)

夕方になると小さな子たちは世話係が預かり、ひとりで身の回りのできる子供は自由に時間を過ごす。

食事は大きなテーブルで、たっぷりと量と栄養のある美味しい料理が提供されているようだ。

おかげでみるみる子供たちの血色はよくなり、声まで大きくなった。

カレンは公務が終わるころにルフィウスの部屋に行き、戻るのを待ってふたりで夕飯を共にする。

そしてその日の出来事を話したり、時にはルフィウスがハープシコードを演奏してくれたりして、ゆったりと満ち足りたくつろいだ時間を過ごし、ベッドで甘い夜を迎えるのが常だった。

しかしごくたまに、恐ろしい時を過ごすこともある。

『なにをのろのろやってるんだ！　こんな水汲みもできないで、さぼりやがって！』

ごめんなさい！　とカレンは泣きながら謝る。樽の底に穴が開いていて、いくらやっても水が汲めないのだ。

どうしていいのかわからずおろおろして、冷たい汗が幾筋も背中を伝った。

『お前が水を汲めないなら、今日は全員の飯抜きだぞ！』

『待ってください、そんなことをしたらシャーリーが死んでしまう！　風邪をひいて、力がほとんど出ないんです！』

誰ともわからない、髭もじゃの大きな赤ら顔が、憎々しい声で言う。

『ほう、そうか。それならお前がそいつを殺したも同然だ』

『だって、この樽では水を汲めません』

『言い訳をするな！　さあ、さぼっていないで働け！』

振り上げられる鞭。必死に汲んでも穴の開いている樽。お腹が空いた、死んでしまうと泣き叫ぶ子供たち。

『やめて、もうやめて、俺もみんなもなにも悪いことをしていないのに！　みんなただ、普通に生きていたいだけなのに！』

足首にずしりと重い鎖が絡みつき、カレンを地の底に引きずり込もうとしたそのとき。

「――っ！」

ガバッと跳ね起きたカレンは、そこが大きな天蓋つきの、ふかふかの羽根布団であることに気がついた。

「……どうした、カレン。……また夢を見たのか」

「ルフィウス……」

カレンははあはあと、肩で息をする。

悪夢にうなされ、かすかに震えていたカレンをルフィウスは抱き寄せて、額の汗をそっと拭ってくれた。

「早く、忘れろ。もうなにも心配することはない。お前には、私がついている。……お前のことは命に代えても私が護る……」

ごくたまに、こうして奴隷時代の辛い夢を見て飛び起きると、ルフィウスがその傷を癒やすかのように優しい言葉と腕で包んでくれる。

カレンの人生はすべてが好転し、もうすっかりなにも心配せず、安心しきって豊かに暮らしていけると思ったのだが。

一抹の不安が、ないわけではなかった。

「本当に、馬さんたち、会えたね！」

「あの茶色いブチのある、白い馬。俺、ブラシかけたことあるよ」

「みんなここにいたんだねえ」

「よかったねえ、またよしよし、できるね」

カレンがここに連れてこられたのと時を同じくして、オクタープの館にいた馬たちを、ルフィウスがすべて買い取った。

その話を聞いた子供たちは、かつて自分も世話をしたことのある馬たちを見たいと言い出して、今日は全員で厩舎まで見学に行ったのだ。

ことが起こったのは、そこからオーディス宮に戻る途中のことだった。

厩舎は王宮の東側、兵士たちが訓練をする広場や兵舎の近くにある。

カレンたちがいるオーディス宮殿からだと、救護棟や教会などの近くを通って、王宮の渡り廊下に続く、裏庭の小道を歩いていったところにある。

裏庭といっても、花壇は綺麗に手入れされているし、蔓草のアーチや彫像、小型の噴水やあずまやもあった。

子供たちは珍しそうにそれらを眺め、カレンも花に見惚れていたのだが。

「出て行け！　汚らわしい奴隷が、宮殿をうろつくな！」

このところすっかり気を緩め、暖かな陽《ひ》だまりの中にいるようだったカレンの心に、冷水を浴びせるような声が、どこからか飛んできた。

カレンはギクリとして足を止め、警護をしていた衛兵たちも顔色を変えて周囲を見回していたが、声の主はわからない。

彫像の後ろ、茂みの中など、隠れる場所はいくらでもあった。

不安そうこちらを見る子供たちに、カレンは慌てて笑顔を作ってみせる。

「なんでもない。こっちに向かって言ったんじゃないと思うよ。どこかで喧嘩をしてるんじゃないかな」

「……で、でも、奴隷って……言ってたよ」

心細そうな声で、ローラが言う。

そうかなあ？　とカレンはおどけて笑ってみせた。

「聞き間違いじゃないかな。俺には人の名前に聞こえたよ。ドリィとか、グレイとか。さあ、もう気にしないで行こう。お茶の支度がしてあるはずだ。今日のお菓子はなにかな？」

子供たちはカレンの言葉に、パッと表情を明るくした。

「甘いの大好き！　あんなの、初めて食べた！」

「あたしね、ジャムが好き。甘くて、酸っぱいの！」

「甘いのって、口の中が、じわじわってなるよね」

「俺は、ふわふわのやつ！」

「ふわふわの、俺も好き！　口の中で、溶けちゃうんだよな！」

再び笑顔を取り戻した子供たちを見て、カレンは安堵する。

けれど胸はまだ、不安でドキドキしていた。

「……カレン様。すぐに不届き者を捜し、処罰いたしますのでご安心を」

衛兵のひとりが、カレンの傍に寄ってきてそっと耳打ちした。

カレンは、小さく首を左右に振る。

「いえ、そこまでしなくても。そういうふうに感じる人がいるのも、仕方ない気がします。

……それからルフィウスには、報告しないでください」

「いや、それは」

衛兵は、困惑した顔になった。

「我々はルフィウス様にすべてご報告するよう、命じられております。カレン様の頼みでも、こればかりは」

「あなた方が忠誠心の強い、素晴らしい方々だってことはよくわかってます。それでも、なんとかお願いします」

子供たちに気がつかれないよう、小声で熱心にカレンは懇願する。

「心配をかけたくないんです。ルフィウスは今、国を変えようと心を砕いている最中じゃないですか。俺たちなんかのことで気を散らしたくない。政に万が一影響が出たらと考えると、心苦しくてたまりません」

衛兵はさらに難しい、考え込む顔になった。

「し、しかし……陛下の命に背くわけには」

「どうか、どうか頼みます……！」

必死に頼むうちに涙目になったカレンを見て、衛兵は額の汗を拭う。

「それでは……今回だけは穏便に済ませましょう。ただし二回目があれば、決して犯人を野放しにはしておけません！」

カレンは勇ましく言う衛兵に礼を言い、溜息をつく。

犯人捜しを止めたのは、処罰を受けたせいで犯人から恨みを買い、さらにルフィウスへの反発が大きくなっていったらどうしようかと、とっさに考えたからだった。

(俺たちに敵意を向ける人がいることを、忘れないようにしなくちゃ)

カレンはそう肝に銘じたのだった。


「あの。すみません、さっきから話に出ている海っていうのは、実際にはどういうものなんでしょうか。たくさん水が溜まっていて、魚がいる場所というのは、本で見て知りました。でも湖とはどう違うんですか?」

お茶の時間の後、子供たちは世話係と別室に移動し、カレンは家庭教師について社会史の勉強をしていた。

そこで、この国がどうして豊かなのか、どの作物が多く収穫され、他国とどのような貿易をしているかという話になったのだが。

貿易以前にカレンは、輸送の話にたびたび出てくる『海』というものが、川や運河、湖とどう違うのか、あまりピンときていなかった。

説明しないまま話を進める家庭教師に、思い切って尋ねたところ、壮年の教師は目を見開いた。

「『海』と『湖』の違いをご存じないですと？　ご冗談……ですよね？」

間にある机に、身を乗り出すようにして言われ、カレンは恥ずかしさに顔が熱くなった。

「いえ。ごめんなさい、俺、知らないことが多くて」

貴族社会での言葉遣い、立ち居振る舞い、食事や舞踏会でのマナーは、知らなくて当たり前だとカレンは自分でも納得できていた。

ところが世の中の一般常識ですら、随分と知らないのだということを、授業が進むうちに思い知らされ、落ち込むことが増えてきている。

宝石というものは、もともとあの美しい形で土に埋まっていたわけではないこと。

川の水は山の上から流れてきたものだということ。

絹というのは蚕の繭から糸を取り、それを織って布にしているということ。

身の回りの様々なことを、カレンは誰にも教えられず、知らないまま生きてきた。

（父さんが生きてたときに、お金の勘定や、つくろいものは糸と針でする、くらいの……生活に必要なことは知っていたけど。ちょっと詳しいことは、何も知らないんだ、俺は。国のことどころか、自分が住んでいる部屋の中のことさえ）

俯くカレンに、家庭教師は淡々と言う。

「海というのは、果てしなく広大なので、遥《はる》か彼方《かなた》の国々とも通じています。一番深いところは、はっきりと底がわからぬくらい、どこまでも深い。そして魚介類が生息しておりますが、川や湖に住むものとは種類が違います。さらに、水にはたっぷりと、塩分が含まれているのです」

「塩？　料理に使う塩ですか？　舐《な》めると塩辛くて、凄く広い……」

「はい。そして、リーラ湖とは比べものにならないくらい広いかと」

話を聞くうちに、カレンは恥ずかしさより好奇心が勝って、顔を上げた。

「そ、そんなに広いなら、住んでる魚もすっごく大きいんじゃないですか！」

「さよう、巨大なものは牛や馬より大きい。むろん、小魚もおりますが」

「その水の上を、たくさんの荷を載せた船が移動して、他の国と交易をしてるっていうことですか」

「そのとおり。ただし、湖と大きく違うのは、波があることですな。天候によっては、時に船が転覆するほどの大波が現れます」

へええ、とカレンは感心して聞き入った。

そんなふうに熱心に講義を聞くカレンに、家庭教師は海に関してのいろいろな本を勧めてくれた。

それはとても興味深く、充実した時間だったのだが。

(俺がこんなふうで……大丈夫なのかな)

勉強時間が終わり、家庭教師が退室した部屋で、カレンはしばらく本を眺めながら考え込んでしまった。

(俺が元奴隷なことは、ルフィウスには意味があることだと思う。だけど、他の人たちにとってはどうなんだ。凄くイヤなんじゃないのか)

カレンは頬づえをつき、窓の外に目をやった。

(誰かにイヤだと思われるくらいなら、別に仕方ないけれど。それが単純な好き嫌いじゃなくて、本当にたくさんの人に迷惑をかけることになったら……そういう意味での拒絶だとしたら)

勉強すればするほど、これまでの自分がいかに無知だったのかということを、カレンは思い知るようになっている。

自然のことわりだけでなく、ごく一般的な国民であれば知っていることを知らないようで、果たして王妃などという立場になれるのだろうか。

(ルフィウスは、そうしたいと望んでくれている。とても……なんて言葉で表せないほど、嬉しいし凄いことだと思うけど。俺に国王陛下と並ぶ立場が、務まるんだろうか。そんな高い位に俺がいることで、国全体を困らせてしまうことになったらどうしよう)

奴隷でいたころのカレンの世界のすべては、狭い小屋の中の寝床と畑と馬小屋、それに荷物を運ぶ厨房の軒先だけだった。

それが突然、国というあまりに大きな単位のものに、自分の人生が直接関係することになってしまったのだ。

（ルフィウスが話すことも、すごく壮大だ。聞いていると胸がわくわくするくらい。だけどそれは、なんだか現実とは思えなくて……見えている世界が違いすぎる）

考えるうちに、じわじわと真っ白な綿に泥水が吸い込まれていくように、カレンの胸には不安が広がっていく。

（でもやっぱり、傍にいたい。ああでも、なんだろうこのイヤな感じ）

その耳に、先日投げつけられた心ない言葉が幻聴のように蘇《よみがえ》る。

『出ていけ！　汚らわしい奴隷が、宮殿をうろつくな！』

目をつぶり、カレンは胸の辺りの衣類を、片手でぎゅっと握った。

（なんだかすごく怖くなってきた。ルフィウスの傍にいたい、と思えば思うほど怖い。だって、もしも傍にいられなくなったら……）

そんなふうに思った途端、さーっと頭から自分の血が冷えていくようにカレンは感じた。

「や、やめよう」

カレンは本を閉じ、慌てて立ち上がる。

悪いほうに考え出すと止まることなく気持ちが落ち込み、どこまでも暗くなってしまいそうだったからだ。

優しい言葉と微笑み、温かいぬくもりと過保護なほどの庇護。

カレンは与えてもらったことによって、初めて失うことの恐ろしさをひしひしと感じていたのだった。


『どういうおつもりなのだ、陛下は!』

かすかに怒りを含んだ、男の声。

この日も静まり返った図書館で、いつものように黙々と読書をしていたカレンは、窓の外から聞こえてきた『陛下』という言葉にハッとして、顔を上げた。

そろそろと腰を低くして窓辺に近づくと、裏庭で数人の男たちが、なにやら話している。

狩猟に行ってきた帰りなのか、それぞれ背中には猟銃を背負っていた。

カーテンの隙間からちらりと様子をうかがうと、服装からしてかなり身分の高い貴族なのだとわかる。

『どうもこうも、そのままですよ。あの奴隷育ちを本気で娶《めと》る気でいらっしゃるとか』

(奴隷育ち。……俺のことだ)

カレンはギクッとして、顔を強張《こわば》らせる。

『娶るだと? 単なる稚児《ちご》扱いではないというのか。……まっ、まさか正妃の座につけるわけではあるまいな』

『それがどうやら、そのようなのですよ。愛妾《あいしょう》であればまあ、変わり種がお好きなのだろうと思うだけなのですが……』

『冗談ではない！　国家に関わることなのだぞ、これは！』

そこまで聞き、カレンは怖くなってきて、急いで座っていたもとの椅子に戻った。

そして耳を塞ぎ、机に突っ伏す。

（……やっぱり……やっぱりそうだ。そう考える人たちがいるのも無理はない。俺はルフィウスに守られて、なかなか気がつけないでいたけれど……）

カレンと子供たちが現在居住しているオーディス宮は、ルフィウスが徹底して反感を持つ者を近づけないよう警護し、隔離し、造り上げた楽園なのだろう。

けれど、一歩外へ出れば、やはり元奴隷が国王の周辺をうろつくことに、反感を持つ者たちは大勢いるのだ。

このところ、漠然とそうではないかと心配していたのだが、やはり現実にそういう問題はあるのだとカレンは実感していた。

（どうしよう。俺のせいで貴族がみんな、ルフィウスに反発したら。……ルフィウスは、とてつもなく意思の強い人だけど、それでもきっと困るだろう。どうすればいいのかな。俺にできること、なにかないのかな）

カレンは必死に考えたのだが。

（駄目だ。王様と貴族なんていう違う世界のことを、俺がどうにかできるわけがない。……だけど、そうだ）

カレンは目の前の、棚にぎっしりと並ぶ本を見る。

（せめて、少しでも賢くなろう。できるだけの知識を頭に入れて、一歩でも半歩でも、ルフィウスの相手として相応しくなれるよう、努力しなきゃ）

カレンはこの日から、眠る時間を削って読書と勉強に励むようになった。

カレンがオーディス宮に住まうようになってから、三か月ばかりが過ぎた。

勉強に没頭するカレンだったが、ルフィウスとの逢瀬《おうせ》の時間だけは減らしていない。

それだけはどうしても勘弁してくれ、とルフィウスに頭を下げられたからだ。

今朝もベッドの中で、とっくに夜が明けて目も覚めているというのに、ルフィウスはベッドの中からカレンを解放してくれない。

「ん……んぅ」

ちゅ、ちゅ、と何度も口づけを交わしては、ルフィウスは愛しそうに頬ずりしてくる。

「ルフィウス……もう、そろそろ……小姓が起こしにきます」

「だが、まだだ。それまでは、私に可愛がられていろ」

言いながらルフィウスは、カレンの首筋に顔を埋める。

「っあ……」

「いい匂いがする。春の若葉のような、爽やかな香りだ」

「駄目、ですって……また……」

「また、なんだ。感じてたかぶってしまうか？」

「ちっ、違います！」

「嘘をつけ、首まで真っ赤になったではないか」

愛しくてたまらない、というように、ルフィウスはカレンを抱きしめる。

もう、とカレンが困って頬を膨らませたとき、控えめなノックの音がした。

『ルフィウス陛下。カレン様。洗顔のお支度ができましてございます』

ほら、というようにルフィウスを見ると、残念そうに身体を離した。

「わかった、今起きる。しばし待っていろ」

ルフィウスは名残惜しそうに、もう一度カレンに口づけてから上体を起こした。

「そうだ、カレン。そろそろ宮廷の晩餐会《ばんさん》に来てみないか。今夜、大きな催しがある」

ベッドから下り、ガウンを着ながらルフィウスが言う。

カレンは眉を寄せた。

「宮廷の……晩餐会。そ、そういう場所だと、大勢の貴族が集まるんですよね……？」

先日、裏庭で自分に反感を持っている貴族たちのおしゃべりを聞いてしまったカレンとしては、華やかな社交の場には不安があった。

けれどルフィウスは、明るい声で言う。

「大勢だからいい。特に今夜は、外国からの招待客も多い。……かつての戦が終わってから、十五周年の祝いの席だ。当時争っていた国とも、現在は交易が盛んになっているからな。そうした国々から使者たちが訪れている。様々な国の言語を聞けるし、国柄の出た正装も見ることができるだろう」

「様々な国の言語……」

確かにそれはとても興味がある。

不安だったカレンだが、好奇心に目を輝かせると、ルフィウスはそれを察したらしかった。

「私は賓客たちの相手をせねばならないし、まだ公式にお前を紹介していないから、一緒にいるわけにはいかないが。ライリーをつき添わせるから、社交の場の雰囲気だけでも体験してみて欲しい。異国の文化に触れる機会は、そうはないぞ。……どうだ、出席する気になったか?」

ライリーが近くにいてくれるならば、ルフィウスに反感を持つ者は近寄ってこないだろうし、出席者が大勢ならば紛れられるかもしれない。

カレンはそう考えて、ゆっくりと首を縦に振った。

「わかりました。俺はなにごとも経験が足りないので、これも勉強と思って、参加させてください」

するとルフィウスは嬉しそうにカレンの髪を撫でた。

「では、決まりだな！　私はお前があの服を着るのを、とても楽しみにしていたのだ」

「あ。あの服……ですか」

カレンが思わずとまどったのは、以前、カレンが公の場に出るときのためにとルフィウスが仕立てさせた服が、あまりにも豪華だったからだ。

袖を通し、お針子たちに最後の仕上げをされている最中、カレンはずっと緊張して、突っ立っていた。

というのも、淡い新緑の色の生地には相当な腕前の職人たちの手で、金糸や銀糸で素晴らしい模様が刺繍されていたし、袖周りや襟には真珠がたくさん留めつけられており、胸元のブローチには宝石がきらめいていたからだ。

それはルフィウスの瞳と同じ深い緑色をしていて、美しく透き通っていた。

万が一落として壊してしまったらどうしよう、とカレンは気が気ではなかったのだが、落ちても傷がつくような脆《もろ》い石ではないと聞き、少しだけ安心した。

「あんな立派な服を着ていたら、目立つんじゃないでしょうか？」

焦るカレンだったが、ルフィウスは気にも留めない。

「晩餐会は、誰でも着飾ってくるものだ。華やかなご婦人たちも多いから、悪目立ちするということは絶対にない。なにより」

ルフィウスは自信満々に言う。

「お前にはとても似合っていた。着こなせるということは、お前の品格があの服に釣り合っているということだ。……私が見たところ、マナーもほぼ完璧だと思うが」

「か、完璧かはわかりませんけど、どうにか」

「では、それを披露する場が必要だ。練習だと思えばいい」

ルフィウスはそう言って豪胆に笑ったが、やはりカレンは一抹の不安が拭えずにいた。

終戦十五周年の祝賀会は、王宮の広間で行われた。

晩餐会は長いテーブルがいくつも並び、これでもかというくらいの料理が運び込まれたが、もちろん招かれた人々はお行儀よく程々に食べ、優雅に歓談していた。

ルフィウスは当然だが国王なので上座の中央に用意された席に座り、様々な国の使者や高位の貴族に囲まれている。

カレンはたっての希望で目立たない末席に座り、そちらをそっと眺めていた。

「カレン様。こちらの席で本当によろしいのですか」

隣に座っているライリーが、遠慮がちに聞いてくる。

もちろんです！　とカレンは力強くうなずいた。

「こんなキラキラした場所、壁の端っこでも眩しすぎて眩暈《めまい》がしそうなのに。ルフィウスの近くになんて行ったら、倒れてしまうと思います」

カレンが言うと、ライリーは知的な顔にふっと柔和な笑みを浮かべる。

「あなたには本当に欲がない。この場で自分が陛下に最も愛されているのだ、宮殿までもらったのだと主張することだってできるでしょうに」

カレンはびっくりして、口に入れようとしていたパンを、落としてしまいそうになった。

「冗談でしょ？　だって、いったいなんのためにですか」

「もちろん、自分の力を誇示するためです。後宮の姫なら、必ずやそうしたでしょう」

「そういうものなんですか？　俺は短剣を突きつけられても、そんなことしたくないです。ルフィウスやライリーさんは、俺にとてもよくしてくれますけど、でも……」

カレンは着飾った、豪奢な衣類と宝石で身を固めている、貴族たちを見た。

「正直、住む世界が違いすぎて。ここにいる人たちが何を考えているのか、まったくわからないから……ちょっと怖いなって思います」

「心配しなくても、大したことは考えていませんよ」

ライリーは皮肉そうに、少しだけ唇の端を吊り上げて笑った。

「あの公爵とお近づきになるために、なんと話しかけよう。向こうの婦人の素敵なドレスはどこで仕立ててもらったのか自分も知りたい。あちらにいる美女は既婚者だろうか。身持ちが固いか、それとも男好きで自分にもチャンスがあるだろうか。もっと旨い酒はないのか。……その程度のことです」

辛辣なもの言いに、カレンは思わずクスッと笑った。

「ライリーさんは、身も蓋もない言い方をするんですね」

「事実だから仕方ありません」

と、ふいにライリーが入り口のほうを見た。そして表情を曇らせ、ぽつりとつぶやく。

「メリーダ姫……？」

(お姫様？)

カレンはつられて、ライリーと同じ方向に視線を向けた。

するとそこには、素晴らしく豪華な深紅のドレスに身を包んだ、金髪の美女の姿がある。

(凄く綺麗な女の人だ。……さすが宮廷だなあ。あんな美人、オクターブさんの屋敷に飾ってあった絵でだって見たことがない)

思わず見惚れていたカレンだが、美女がすーっとルフィウスのほうへ近づいていったことに気がつき、ハッと顔を強張らせる。

ルフィウスの隣にいた貴族は、美女の姿を確認すると、さっと立ち上がった。

そして席を譲るように場所を移動すると、女官たちが大急ぎで新しい席を美女のために用意している。

（美人なだけじゃなくて、とても偉い人なのかな）

カレンが考えていると、ライリーは神経質そうな細い眉を寄せた。

「彼女は招待していなかったはずだが。どうなっているんだ」

誰に言うともない独り言だったが、カレンは思わず尋ねた。

「あの。すっごい美女ですよね。誰なんですか？」

ライリーはなぜか、不機嫌そうに答える。

「セレイア王国の王女です。北の海沿いにある小国ですが、我が国とは貿易が盛んです」

「あっ、はい、知ってます！　主な商品は塩と乾物で、戦争の末期にはこちらの国に味方してくれたのですよね！」

勉強した知識でカレンは言ったが、ライリーは渋い顔のままだ。

「味方になったというか、劣勢だから優勢な我が国に寝返っただけです。……まあ、もちろん近年は友好的ですが、なぜ招待もされていないのにやってきたのでしょう。もちろん、父親が来ているのだから、後学のために連れてきたと言われたらそれまでなのですが」

「そうなんですか。それで……あの……」

カレンが見つめる先で、メリーダ王女はにこやかにルフィウスに挨拶をしている。

それが気になるカレンの内心を察したように、ライリーは言った。

「どうにも引っかかりますね。席を譲ったのはルフィウス様の叔父《おじ》であるリドリア公爵ですが、まるで王女の訪問を知っていたかのような……」

カレンはライリーの言葉の意味を、すべて把握することはできなかったが、ひとつはっきり理解したことがある。

(友好国の絶世の美女の……王女様)

ルフィウスと話しているところを見ていると、どちらも負けず劣らず華やかで美しく、まさに似合いの一対のように思える。

年は王女のほうがルフィウスより、いくつか下なのかもしれないが、結婚相手としてはちょうどいいに違いない。

そんなふうに考えるうちに、カレンはだんだんと自分の顔から、血の気が引いていくのがわかった。

(もしも……もしもだけど。王女様が、ルフィウスを見初めたとしたら。きっと誰にも反対されず、国中から祝福を受けて結婚するんじゃないのかな。いつかお世継ぎだって生まれるだろうし、そうしたらルフィウスだって、やっぱり自分の子供は可愛いだろうし。そのほうが……幸せになれるんじゃないの?)

カレンは膝の上に置いた両手を、ぎゅっと握りしめる。

そしてこちらの様子に気がつき、気がかりそうな目を向けるライリーに、思い切って聞いてみた。

「ライリーさん。俺が、こんなことを言える立場じゃないのは、わかってますけど。……あの王女様って、もしかしてルフィウスが、好きなんでしょうか」

するとライリーは直球な質問に、面食らったようだった。

「好きかどうかですか。……すみません、あなたの感覚のほうが人として正しいのでしょうが。そのようにまっすぐなものの見方をついぞしたことがなかったものですから、ちょっと驚いてしまいました。……そうですね。好きか嫌いかはさておき、王女は帝王教育を受けているでしょう」

「てい、おー、教育……」

「はい。簡単に言うと、民の上に立つ特別なお立場に生まれた者には、それに相応しい見識や立ち居振る舞いが必要だということです。ですから、国のためとあらば王女は、好みなどとは無関係に他国に嫁ぐでしょうね」

「好きでもなんでもない人でも？」

「もちろんです。肖像画だけ見せられて、国同士の結束を強くするため、国に有利になるために、会ったこともない男と結婚するのは珍しくもなんともありません」

「そ、そう。国同士の……結束のために……。じゃあ、王女とルフィウスが……け、結婚……したら、友好国とますます仲良くなるってことですよね？」

「まあ、そうですね」

ライリーはなおも、眉を寄せてルフィウスのほうを注視しながら言った。

「もっとも今現在我が国は、セレイア王国とこれ以上絆《きずな》を深めても、有益ということは別になにもありませんが」

（だけどそういう人なら、お妃様として文句ないんじゃないの？　ルフィウスだって、あんなに綺麗な女の人なら、イヤなんてことはないよね）

カレンはもう、ルフィウスと並んでいる王女を見ているのが、辛くなってきた。

そのため黙り込み、俯いてしまったのだった。


晩餐会が終わると、舞踏会が行われるということで、部屋も大広間へと変わる。

あちこちに背の高い小さなテーブルが設置してあって、銀の皿に焼き菓子や色とりどりの砂糖漬けの果実などが、山盛りになっていた。

宮廷楽団がワルツを奏でる中、貴族たちはあちこちで貴婦人たちに踊りを申し込み、くるくると円を描いてダンスを始める。

カレンはもちろん、そこに参加するつもりなどなかったので、大広間の片隅でライリーが渡してくれた冷たいお茶を少しずつ飲みながら、ぼんやりと壁を背に突っ立っていた。

不思議なのはカレンの隣からまったく離れようとしないライリーで、彼目当ての令嬢たちがちらちらと様子をうかがい、いかにも誘って欲しそうにしているというのに、眉一つ動かさない。

「あの……。俺のことは放っておいていいから、どうか遠慮なくお姫様たちと踊ってください。なんだか、心苦しいです」

「遠慮などしていないので、ご心配なく。それよりカレン様、退屈でしょう。なにか軽く甘いものでもつまみますか」

「いらないです、なんだか……見るものすべてが豪華で、俺は場違いすぎて……緊張してしまって」

「もうしばらくご辛抱を。こうした貴族の舞踏会などというのは、もったいつけているだけで、単に腹と色と自己顕示欲を満たすための場です。緊張するには及びません」

生まれついての貴族であるライリーにとっては、本当にそうなのだろう。

けれどあまりに生い立ちの異なるカレンは、そんなふうに割り切れない。

(早く終わらないかな。……ルフィウスと、二人きりになりたい。宮廷で見ると本当に、手の届かない国王陛下なんだって感じがして寂しくなってくる。いつもみたいに、くっついて眠りたい。髪を撫でてもらって安心したい)

カレンが祈るようにそんなことを考えていたとき。

「オーキッド侯爵。こんな壁際にいらっしゃったんですの」

ふいに甘い声がかけられて、カレンはそちらに顔を向けた。

そこにいたのは栗色の髪を高々と結い上げた美女で、淡いピンクの生地に、たっぷりとフリルやレースの飾りのついたドレスを着ている。

耳飾りも銀細工にピンク色の宝玉をぶら下げたもので、彼女が動くとキラキラときらめいた。

「お久しぶりです、エイミー嬢。セルゲイ伯爵はお元気ですか」

「おかげさまで、父は相変わらずですわ。……ところで、今夜はまだ誰とも踊っていらっしゃらないようですけれど」

「ええ。少々疲れておりまして、今夜は踊る予定はありません」

「そうですの。残念ですわ」

言いながらエイミーは、ちらりとカレンを見た。

ふわっと強い香水の匂いが漂って、カレンはくらくらしそうになる。

エイミーは、つっとライリーのほうに近寄ると、その耳に囁くように言った。

「ところでわたくし、噂を聞いたのですけれど」

「噂。それはどのような」

ライリーが無表情で言うと、それがじれったいようにエイミーは早口で告げる。

「ライリー様のお耳にも入ってるのではないですか？……あの、小国からわざわざ飾り立ててやってきた、真っ赤なドレスの王女殿下ですわ」

エイミーが険しい顔をして視線を向けたのは、少し前にカレンとライリーが話をしていた、メリーダ王女のことらしい。

エイミーは、苛立ちを隠さずに言う。

「他のご令嬢たちとも話していたのですけれど。外務大臣と親しい侯爵令嬢のお話によると招待状を出したのは、お父上に対してだけだったのですって。それなのに、なぜはるばる北方からこの国にいらしたのでしょう。……それで、わたくしとしては考えたくもないのですけれど。もしかしたらルフィウス陛下との間に、ご縁談でも持ち上がっているのではないかしらと」

「……ほう。そのような噂が」

ええ、とエイミーは、鼻息荒くうなずいた。

「最近、ルフィウス陛下は孤児たちを集めて酔狂な趣味……いえ、お優しい心でお世話をされているようですけれど。その孤児たちも、王女殿下が引き取るとのお話も」

「いったい誰がそのような話を?」

ライリーが尋ねると、エイミーは肩をすくめた。

「特に誰、というわけではございませんわ。そもそも、ライリー様もご覧になったのではございませんこと？　王女殿下がいらしたとき、陛下の叔父上であるリドリア公爵は、ご来訪を知っていらっしゃった様子でしたもの。もしや、公爵が王女殿下を私的に招かれた……なんていうことは」

エイミーは、ライリーの瞳を覗き込むようにする。

「エイミー嬢」

カレンには同じような推測を話していたライリーだったが、冷たく答えた。

「貴女《あなた》は、聡明《そうめい》な女性です。想像力も豊かでおられる。しかしそのようなこと、私はまったく存じていません。そして憶測は、陛下のおためになりません。これ以上この噂を広めないことが、御身のためにもよろしいかと」

妙なことを吹聴《ふいちょう》すると自分にも害が及ぶぞ、ということをライリーが遠回しに、しかしピシリと言ったため、エイミーはハッとしたように口をつぐんだ。

そして、ごめんあそばせ、と無理やり笑顔を作ってこの場を離れていく。

ふう、とライリーは溜息をつく。

「リドリア公爵め。厄介なことを宮廷に持ち込んでくれたものだ」

つぶやいて、ライリーは手にしていたグラスのワインをぐいと飲む。

その隣でじっと石のように固まっていたカレンは、真っ青になっていた。

ルフィウスに縁談がある、という発言を聞いてからなにも考えられなくなってしまい、他の言葉はまったく耳に入ってこない。

(やっぱり……そうなんだ。ルフィウスにお嫁さんができる。王様と他の国の王女様が結婚するのは、それは当たり前で、おめでたいことで……そうだよ。俺がルフィウスといられると思うことのほうが、おかしいんだから)

それなのに、胸の中にできた氷の塊がどんどん大きくなって、重くなっていくようにカレンは感じた。

舞踏会のにぎやかな喧噪《けんそう》も、貴族たちのおしゃべりも、楽団の演奏も、なにもかも今のカレンには聞こえない。

深く暗い湖の底にいるような静寂の中、視線は宙を見据えたままだ。

(ルフィウスは、俺を愛してると言ってくれる。でも結婚は現実的に考えて、きっと厳しいに違いない。俺のせいで、たくさん敵を作ってしまうかもしれない。……ルフィウスの大きな目的の、邪魔をしまうのは嫌だ)

どうすればいいのだろう、とカレンは唇を噛む。

お茶の入ったカップを持ったまま、黙り込んで突っ立っているカレンに、ライリーが何か言おうと口を開いたのだが。

「ご歓談のところ、失礼いたします。……カレン様」

ルフィウスつきの小姓がやってきて、カレンに声をかけてきた。

深くもの思いに耽《ふけ》っていたカレンは、一度では気がつかず、何度か名前を呼ばれてハッと我に返った。

「えっ。お、俺？　……なんですか？」

ぐい、と慌てて手の甲で目元をこすって問うと、小姓は深刻な顔で言う。

「実は、オーディス宮でお預かりしていた子供の一人が、熱を出したとの知らせが入っております」

「熱？　誰だろう、どれくらい？　とても具合が悪いの？」

びっくりして尋ねると、小姓はすっと手のひらを、扉のほうへ向けた。

「ここではなんですので、ご報告をしながら参りましょう」

「そ、そうですね、早く行かなくちゃ」

カレンはカップをライリーに渡し、一言告げてから、急いで大広間から退室する。

扉から廊下に出るときに、一瞬だけルフィウスのほうを振り向くと、あちらもカレンに視線を向けているように思えた。

それが少しだけ嬉しく、同時にひどく悲しくもあった。


たくさんの賓客が集まっているエリアから離れ、廊下を進むうちに周囲はどんどん静かになってくる。

裏庭の近くになってくると、主人の忘れものなのか寒くなったからと頼まれたのか、大きなショールを捧《ささ》げ持つ女官とすれ違ってからは、人の姿がなくなった。

そしてあともう少しでオーディス宮殿、というところで、カレンに報告してきたのとは別の小姓が正面から走ってきた。

こちらもルフィウスつきの小姓なので、顔は知っている。

「カレン様！　舞踏会の最中にご足労いただいて申し訳ございません！」

「謝る必要はないですよ。それより、誰が熱を出したんですか」

尋ねると、小姓は重ねて詫びた。

「それが実は、お熱があったわけではなかったようです。遊びに夢中になり、興奮してはしゃいでいたため、顔が真っ赤になっていただけで……」

「えっ、そうなんですか？」

「はい。ですからもう、舞踏会のほうへお戻りください。本当に、申し訳ございませんでした！」

もう一度言うと小姓は頭を下げ、くるりと身をひるがえして走っていく。

カレンはポカンとして、裏庭からオーディス宮殿に続く渡り廊下の途中で、立ち尽くしてしまった。

「間違いだったなら、よかったけど……だけど」

これはもしかしたら、いい機会なのかもしれない。

誰もいない静まり返った城の一画で、カレンはそんなふうに思ってしまった。

（子供たちはもう、ここにしっかりと根を下ろしている。乳母《うば》たちにも、侍女たちにも可愛がられて懐いているようだし……王女様がお母さんの代わりをやってくれるとしたら、それは素晴らしいことじゃないか）

美しい王女を正妃に迎え、子供たちに囲まれたルフィウスは、きっとますます偉大な国王になるだろう。

けれどそこに、カレンの居場所はない。

（……それに、ルフィウスなら……自分の子供ができたら、絶対に可愛がって幸せを感じるはずなんだ。第一、俺よりずっと……ずっと王女様のほうが、魅力的に決まってる……）

妙に胸の辺りが寒い気がして、カレンはそこに手を当てる。

（こんな思いをするんだったら……なにもかも無くなるなら、知りたくなかった。安心できる場所も、温かい心遣いも、俺を撫でてくれる優しい手のひらも……人を信じることも、好きになることも）

奴隷だったとき、空腹も労働も、命に関わるほど辛いものだった。

今はそうしたことは、まったくない。

だが浴びるほどの愛情を注がれて最初はためらい、信用できず、ようやく受け取って、その心地よさに歓喜し安心してしまった現在。

再びそれを失くすことは、身体の一部をもぎ取られるように苦しかった。

(人を好きになって、その人が別の人を選ぶっていうことは、こんなに辛いことなんだ。こんなに……生きる意味を見失ってしまいそうなくらい……)

ルフィウスに出会う前からカレンの生きる意味は、オクターブの館でこきつかわれている子供たちが、食事に困らず勉強できる場所を造ることだった。

(でも、それももう俺がいなくても、子供たちはここで安全に暮らせるだろうし。綺麗な王女様が世話をしてくれるなら、俺は必要ない。じゃあこれから俺は、なにを道しるべにして生きていけばいいんだろう)

絶望的な気分で顔を上げると、月の光がぼやけ、滲《にじ》んで見えた。

(知らなかった。お腹がいっぱいで、ふかふかのベッドがあっても、生きているのが辛く感じることがあるなんて。自分以外の人とルフィウスが結ばれる……それを見ながら生きるくらいなら、死んでしまいたいと思うなんて)

このままルフィウスの近くにいたら、自分がどんどん醜くなっていく気がした。

おそらく王女に嫉妬をするだろうし、ルフィウスの幸せを心から願えなくなるかもしれない。

自分だけでなく、子供たちにとっても命の恩人であるルフィウスに、そんな気持ちは抱きたくなかった。

(お互いのために俺はもう、ここにはいないほうがいい。誰かが自分を幸せにしてくれるとか、そんな夢を見ているからこんなふうに苦しくなるんだ)

だとしたら、どうすればいいのか。

(今の俺には、前よりずっと体力がある。知識だって、少しは学んだ。奴隷でいたころみたいに、誰かに甘えず頼らず、仕事を見つけられれば……そうしたら、失う不安も悲しみも知らずに、一人で生きていけるじゃないか)

そんなふうになれたのもまた、ルフィウスのおかげだとカレンは感謝した。

(もっと甘えろって、いつもルフィウスは言ってくれていたけど。そのせいで迷惑をかけるなんて、俺はイヤだ。ルフィウスを大切に思えば思うほど、一方的に頼っていたら駄目なんだって感じる。俺が離れることが、ルフィウスのためになるんだとしたら……)

カレンは唇を噛み、ゆっくりと周囲を見回した。

(ここから見えなくても宮殿のあちこちには、衛兵さんがいるはずだ。門番もいるし……。そうだ、厩舎のほうには、遠乗りの出入り口がある。あっちから……出ていこう)

カレンはそう心に決め、うなずいた。

けれどすぐには動けず、後ろを振り向く。

宮廷で過ごしたルフィウスとの夢のような日々が、次々と頭の中に蘇る。

（楽しかった……。嬉しかった。優しくされて抱きしめられると、こんなに幸せでいいのかな、っていつも思ってた）

離れたくない。ずっとずっと傍にいたい。

あまりに甘く愛しい記憶に、カレンの心はくじけそうになる。

けれどぶんぶんと首を振って迷いを断ち切ると、渡り廊下の腰まである柵を乗り越え、厩舎に向かって裏庭を突っ切っていこうと駆け出した。

ところが、まだ裏庭の端にもたどり着かないというそのとき。

「っ⁉」

ぐいっ、とものすごい力で茂みの陰から腕を引っ張られ、カレンは腕が抜けるのではないかというくらいの痛みに顔をしかめる。

「おい、みんな！　こいつ、自分から飛び込んできたぞ！」

腕をつかんできたのは、カレンの頭二つ分は背が高いであろう、大男だった。

完全武装というほどではないが、薄手の鎧《よろい》と籠手《こて》を装備しているところを見ると、兵士なのかもしれない。

「なっ、なんですか？　俺は……」

腕を強くつかまれる痛みに顔を歪めつつ尋ねると、わらわらと周囲の木々や彫像の後ろからに十人近くの男たちが集まってきて、カレンは驚愕《きょうがく》した。

(自分から、飛び込んだと言われた……。待ち伏せ、されていた……?)

「間違いなく元奴隷の小僧なんだろうな? 月明かりで顔をよく確かめろ!」

別の男が、今度はカレンの顎をつかみ、ぐっと上に持ち上げた。

いかつい顔が近づいてきて、目玉がぎょろりと光る。

「栗色の髪に、赤みがかった薄茶色の目。確かにこいつですよね、スレード様!」

「しっ、名前を呼ぶなと言うのに、馬鹿者が!」

男たちの後ろから、唯一武装をしていない、貴族と思しき男が姿を現した。

顔はまだ壮年に見えるのに、きっちりと撫でつけた髪は真っ白だ。同じく白い立派な口髭を生やしている。

高級な仕立ての衣類に身を包んでいることから、かなり位の高い人物かもしれない。

スレードと呼ばれたその男は、上から下まで値踏みするように、カレンをじろじろと見た。

「ふん。確かに顔かたちは整っているが、私にはわかる。奴隷の匂いがプンプンするぞ。……お前は、カレンだな」

「は……はい……」

ひどいことを言われていたが、カレンはそれよりこの男たちが、以前裏庭で自分と子供たちに罵声を浴びせた人物と関係あるのではないかと思った。

さらにはルフィウスが言っていた、奴隷制度の廃止に反感を持っている貴族たちがいる、ということに考えを巡らせた。

（ルフィウスの政策に、反発している貴族たち……？）

「こんな顔にだまされ、たぶらかされるとは。国王陛下にはまことに幻滅したぞ」

溜息をつくスレードを励ますように、周囲の男たちが言う。

「まったくでございます！　これでは後々、国が危うくなるのではないかと」

「やはり王冠は、兄上のリドリア様にこそが相応しい……」

「この、能無しの脳筋めが！　今度名前を口にしたら、その舌を切り裂くぞ！」

言い合いをする間も、カレンはしっかりと腕を拘束されて動けない。

いったいどうなるのだろう、と不安に慄くカレンの耳に、ビンと通る声が響いた。

「動くな！　スレード伯爵とその配下の者。貴様たちは包囲されている！」

その途端、奥の茂みから、さらには救護棟の窓から一斉に兵士たちが顔を出し、カレンはあっと息を飲む。

「なっ、なんだ、どういうことだ！」

カレンを拘束していた者たちは、石のように固まった。

窓からこちらを見下ろしている者たちは、こちらに矢をつがえているようだ。

こちらに迫るように歩調を合わせて歩いてきた一団は、スレードたちを取り囲む。

後ろから一歩前に出てきたのは、ライリーだった。

「……スレード伯爵。どうか、このような暴力的な手段は断念していただきたい。貴殿の背後にいるのがリドリア公爵なのも、すでに陛下は把握されています」

聞いた瞬間、スレードは目を剝いた。

「なっ、なんと、陛下が⁉」

震え出したスレードと対照的に、ライリーは無表情で続ける。

「すぐに投降されるならば、こちらもできるだけ穏便に、公爵と陛下との話し合いの場を設けましょう。いかがなさいますか」

たちまち、カレンを捕らえていた男たちはうろたえ始めた。

「なんてことだ。も、もう露見したというのか！」

「早すぎるぞ、罠《わな》だったのか？」

「金貨をはずむって話だから乗ったのに、冗談じゃないぞ！」

もともと烏合《うごう》の衆だったらしく、スレードの一味は逃げようとてんでばらばらに走り出す。

「待て、裏切者の卑怯《ひきよう》者ども！　上から弓矢が狙っているのが見えんのか！」

「逃げると罪が重くなるぞ！」

中にはライリーが率いてきた兵士と剣を交わす者もいたが、ほとんどがあっけなく捕まって、悄然《しょうぜん》として引き立てられていく。

カレンはホッとしていたが、まだ腕を握っている男は逃げるつもりにならないらしい。どうするべきか、と迷っているようにスレードの顔色をうかがっている。

焦《じ》れたようにライリーが言った。

「さあ、伯爵。もうあきらめてください。カレン様を離してこちらへ」

ライリーがそう言って、投降をうながした瞬間。

スレードは、カレンの手をつかんでいた自分の一味から奪い取るようにして、自分のほうへ引き寄せた。

「痛っ……！」

右腕をねじり上げるようにして後ろから拘束され、カレンの顔は苦痛に歪む。

「この、腑抜《ふぬ》けの腰巾着め！」

なにをする、とライリーが言うより早く、スレードは喚《わめ》いた。

「こんな奴隷にのぼせる陛下を、お止めすることもしない馬鹿者めが。はいはいと陛下の愚かな命令を聞いて、私を捕らえる算段までしておったか」

「……間違っていると思えば、そのように進言いたしますが。私は陛下のお考えに賛同しておりますので」

相変わらず冷静なライリーに、スレードはますます苛立った。

「奴隷制を廃止したら、貴様だって困るだろうに！　いったい誰がただ同然の賃金で働き、農作物を作り、土木作業をするというのか！」

「そもそも、ただ同然というのがおかしいのです。働くのは、私たちと同じ人間なのですから、納得する賃金を払えばよろしい」

「下劣な貧民たちが、ちょっとやそっとの賃金で満足すると思うのか！」

「……伯爵。まずは話し合いましょう。とにかく、カレン様には関係ない」

「話し合いだと」

「っ……痛っ……」

スレードはぎりぎりと、カレンの腕を締め上げながら言う。

「先代国王陛下を……実の父親を島流しにした男と、何を話し合えと言うのか！」

「あれは、前国王が負けたことに拗ねて、勝手に引きこもられただけです」

「詭弁《きべん》では誤魔化されんぞ！　私はお国のために、先王陛下のために、断固、戦う！」

「――っ！」

言い捨てるとスレードは、カレンを拘束していないほうの手で、すらりと腰の短剣を引き抜いた。

喉元に短剣の切っ先を突きつけられ、カレンは顔を強張らせる。

「スレード伯爵！　これ以上、無駄な抵抗はおやめなさい！」

初めてライリーの表情に、焦りが浮かんだ。

スレードはにやりと笑い、ゆっくりと歩き出す。

「さあ、どけ！　本当にこの奴隷が大事だというなら、私に指一本触れるな！　そうでないなら、この奴隷の目玉をほじくり出してやるからな！」

「……愚かなことを……」

ライリーは眉を顰《ひそ》めてつぶやいたが、動こうとする兵士たちを手で制した。

はっはっは、と自棄になったようにスレードは嘲笑する。

「せいぜい、そこで案山子《かかし》のように突っ立っていろ。でないと奴隷の命はないぞ！」

スレードは言いながらカレンを盾にし、逃げずに残った四人ほどの兵士とともに、その場をじりじりと離れていく。

そしてある程度の距離をとり、窓からの矢も届かない場所まで来ると、くるりとライリーに背を向けて走り出した。

もちろん、カレンの腕はしっかりとつかんで離さないままだ。

「さっさと走れ、奴隷！　死にたくないのならな！」

必死の形相で叫ぶスレードが飛び込んだのは、厩舎近くの道具置き場の小屋だった。

◆◆◆

「カレンが人質に取られただと⁉」

　舞踏会の大広間から、当初の予定通り退席していたルフィウスは、待機していた書斎で伝令からの報告を聞き、顔色を変えた。

「あの優しく無垢《むく》な、華奢な天使に無体な真似をするとは……獣の所業だ、絶対に許さん！」

　怒髪天をつく勢いで、ルフィウスは激昂《げきこう》する。

「どういうことだ、ライリーは何をしている！」

　立ち上がり、咆哮《ほうこう》するように言うルフィウスに、伝令は全身を縮こまらせて言った。

「はっ、そ、それが、ライリー様の計画は上手くいっておりました。作戦どおりカレン様は敵方の小姓に誘導され、渡り廊下を歩いて戻ってきたのです。おびき寄せられた反逆者たちは裏庭に潜み、さらにその背後にライリー様の一個小隊が取り巻いて監視しつつ、捕縛の機会を狙っていたのですが……」

　あまりに鋭い視線に耐えられなくなったように、伝令はルフィウスから目を逸《そ》らして続けた。

「いきなりカレン様が廊下の柵を乗り越えて走り出し、計画とまったく違う方向に向かって行ってしまったのです」

ルフィウスの眉間に、ぎゅっと深い溝ができる。

「まったく違う方向へ？　どういうことだ。なぜカレンは突然そんな行動に出た」

「そ、それが、ライリー様たちにも、皆目見当がつかないということでした」

「それでどこへ向かった。まさか。行方《ゆくえ》がわからない、などということはないであろうな⁉」

尋ねると、伝令はびくっとなった。

「はい！　カレン様を人質に取ったスレード伯爵は、ライリー様が率いる精鋭の壁を突破できるとは思っていなかったらしく、厩舎近くの道具小屋に逃げ込みました。そして国王陛下に対し、カレン様を無事に返して欲しくば奴隷制撤廃の考えを改め、そう宣言しろと」

「小賢《こざか》しい悪党の、考えそうなことだ！」

ルフィウスは吐き捨てたが、わずかに安堵もしていた。

その様子だと、カレンという人質はスレードたちの命綱だ。おいそれと、手荒な真似はできないに違いない。

ルフィウスは、今にも爆発しそうな怒りを胸に秘めつつ、書斎の椅子から立ち上がった。

「厩舎近くの道具小屋だな。了解した。かくなるうえは、私が直々に痴《し》れ者《もの》たちに成敗を下してやる！」

ルフィウスはすでに防具で身を固めた手に、小姓が差し出した大剣を握ると、悪鬼さながらの険しい表情で、道具小屋へと急いだのだった。

◆◆◆

「っう！」

ダン！　とカレンは顔から板壁に叩きつけられるようにして、押しつけられる。

痛みに耐えるカレンの腕を力任せに握りながら、スレードは一緒に逃げてきた手下の兵士に言う。

「なにか縛るものはないか！　こうなったらこいつを盾に、城から逃げるしかない！」

「し、しかし、スレード様。こいつにあまり乱暴なことをすると、ルフィウス陛下の逆鱗《げきりん》に触れるのでは……」

「いいから言うことを聞け！……心配するな、金と馬とをこの奴隷の命と交換する、と言えば、のぼせ上がっているルフィウスは言うことを聞くだろう」

「そんなに上手くいくでしょうか」

「す……すでに、なにもかもバレていたのでは。まるで待ち伏せていたかのように、陛下の側近が潜んでいたではありませんか」

ついてはきたものの、すぐさま企てが発覚したことに怖気《おじけ》づいているのだろう。

二人の兵士は真っ青な顔をして、カレンに触れようともしない。

スレードは癇癪《かんしゃく》を起こして叫んだ。

「ルフィウスが怖いのなら、なおさら私の命令を聞け！　あの男は、先王である自分の父親を、情け容赦なく流刑にした残酷王なのだぞ！　お前たちも私も、捕らえられたら斬首は免れまい！」

「ざっ、斬首……！」

兵士たちはさらに震え上がった。

「お、俺たちはスレード様の指示に従っただけじゃないですか！　自分たちの利益のためにやったことじゃない！」

「それで減刑されるとでも思っているのか？　ルフィウスにしてみれば同じことだ！」

喚くスレードに、兵士たちは互いに見かわし、態度を変化させていく。

「同じなら、そうかもしれませんけど。だったら、同じじゃないと証明すれば……」

「な、なあ、そうだよな」

「なんだと。どういう意味だ」

「そう。つまり、たとえば……スレード様」

兵士がごくりと唾を飲む音が聞こえた。そしてこれまでとはまったく違う声のトーンで、低くつぶやくように言う。

「陛下に、あなたの首を差し出して詫びれば……俺たちは助かるかもしれない」

「なっ、なんだとお！」

どうやら、仲間割れが始まったらしい。

スレードが自分を押さえつける力が弱まったと感じた瞬間、カレンはバッと身体をもぎ離すようにして、手と壁の間から逃げ出した。

「あっ！　逃げるな、奴隷！」

「捕まえろ！　スレード様の首だけじゃ足りん！　そいつを我々が助けたということにすれば、温情が与えられるかもしれん！」

（減刑に利用されるのも、人質になるのも……どっちみちこのままじゃ、ルフィウスに迷惑をかけちゃう！）

スレードの腕から逃れたカレンの目に飛び込んだのは、小屋の隅に立てかけてあった鎌だった。

馬の飼い葉である牧草を刈る時に使う、木製の柄がついた小さなものだ。

「来るな！　触るな！」

カレンはとっさにそれを握り、自分に手を伸ばしてきたスレードに向かって、ブンと刃を振るった。

「うわっ、何をするか！　奴隷の分際で、貴族に対して来るなだと⁉」

怒りにスレードは顔を赤くし、兵士たちは身構えた。

「おい、おとなしくしていろ。お前に手荒な真似をする気はない」

「言うことを聞けば、解放してやる。抵抗すると、怪我をするぞ」

まるで野良猫を手なずけようとするかのように、兵士たちはじりじりとこちらに近づいてくる。

「俺は、あんたたちに利用されるつもりはない！　俺は……」

カレンは初めて心の底から、自分はもう奴隷ではない、という自覚を持っていることに気がついた。

同時に、自由とはこういうことなのだ！　と実感していた。

「俺は、誰の命令も聞かない。俺が護りたいもののために戦う！　尊敬も好意も持ってないお前たちの言うことなんか、聞いてたまるか！」

「……この、生意気な奴隷め！」

スレードは吐き捨てると、腰の剣を抜いた。

「だから言ったのだ、奴隷廃止などとんでもないと！　甘やかすとすぐにこいつらは調子に乗り、貴族に牙を剝く！　……間抜けなお前たちに忠告してやるが、私の首など狙う前に、こいつをなんとかしたほうがいいぞ」

剣を構えながらじろりとスレードは、手を出すのはまずいと躊躇《ちゅうちょ》している兵士を睨んで言った。

「お前たちが助けたということにして、こいつをルフィウスに差し出すなどと、世迷い事《よまいごと》を言っていたな。だがこいつは、しおらしくそんなことに利用はされんぞ。ルフィウスにお前たちの罪を進言して、断罪させるに決まっている！」

兵士たちは顔を見合わせ、そうかもしれないという表情になっていく。

「お前らに少しでも賢さがあるならば、私の言う意味がわかるだろう？　命を取れば価値がなくなるが、生きていれば人質として使える。ただし、いずれにしても……口はきけないようにしておかなくてはならん」

追い詰められてびっしょりと汗をかき、必死に言うスレードの言葉には、説得力があったらしい。

兵士たちも緊張した面持ちで、腰の大剣を抜く。

カレンはこの成り行きを恐ろしく感じていたが、覚悟を決めていた。

ルフィウスに大切にされ、愛された身体は、滋養のある食事を毎日たっぷりとっているせいで、案山子のように細かった四肢には綺麗に筋肉がついてきている。

今の自分は、以前ほど非力ではない。

(こいつらはルフィウスの敵だ！　ただ利用されるのも、ゴミみたいに排除されるのもまっぴらだ。俺は、ルフィウスのために戦う！)

カレンは腰を落とし、両手で鎌を構えて二人を見据えた。

「このっ、奴隷め！」

スレードが、思い切り剣を振り下ろしてくる。

カレンは懸命にそれを避け、次いで兵士が切りつけてきた大剣の刃をかいくぐり、鎌で弾き返した。

ガキン、と重く鈍い音がして、その衝撃にびりびりと腕が痺れる。

「おい、死にたいのか！　そんなもので、大剣とやり合い続けるのは無理だぞ」

「クソ、殺せないってのは難しいな」

忌々しそうに言いながら、二人はじりじりとこちらに近づいてきた。

カレンは肩で呼吸をしながら、必死に鎌を構える。

(怖がるな、怯えるな。ルフィウスが俺に教えてくれたじゃないか。俺はもう自由なんだ、奴隷じゃない！)

たとえ身体がどうなっても、二度と魂は誰かの好き勝手にはさせない。

愛する人のためにこの命を使う、とカレンは心に決めていた。

「ルフィウスを邪魔するやつは、許さない！」

叫んでスレードに鎌を向けて突っ込んだが、カレンには剣の心得はまったくなかった。

「っああ！」

バシッ、と大剣で鎌を叩き落され、カレンは絶望的な悲鳴を上げる。

ふう、とスレードは額の汗を拭った。

そして床に落ちた鎌を遠くに蹴ると、ニヤリと笑う。

「まずはその、目を潰してやろう。何も見えないとなれば、お前の言葉の信ぴょう性はなくなるからな。次に口を裂き、死なぬ程度に舌の先を切り落としてやる！」

カレンは唇を噛み、負けじと二人を睨み返した。

(それくらいなら、いっそ舌を噛んで死んでやる！)

腹をくくり、実際にそうしようと舌に歯を立てた刹那。

「カレンッ！」

吠えるような大声と共に、大きな音をたてて小屋の扉が突き破られた。

「なっ、なんだ！」

「っわああ！」

同時に巨大な獣のようなものが飛び込んできて兵士二人の首根っこをつかみ、土から雑草を引き抜くようにして扉の外に放り出す。

「腐れ外道どもが、恥を知れ！」

兵士たちはドサッと頭から地面に落下し、そのまま動かなくなった。

突然のことに呆気にとられていたカレンだったが、怪力の主を見て、あっと声を上げる。

それは髪を逆立て、鋭い眼光に殺気を浮かべ、怒りのあまり鬼神のようなルフィウスの姿だった。

「――ルフィウス！　……っ！」

駆け寄ろうとしたその身体を、背後から思い切り引っ張られた。と同時に、ぐっと喉に腕がかかり、カレンは息が詰まりそうになる。

「ちっ、近寄るな！　出ていけ！」

カレンを盾にしたスレードが、震える声で言う。

ぐい、とカレンの喉元には再び、短剣の先が突きつけられた。

それを正面から見つめるルフィウスの緑の目は、怒りで燃え上がっているように見える。

「……カレンを離せば、命までは取らん」

静かな、けれどだからこそ激しい憤怒《ふんぬ》が込められているとはっきりわかる低い声で、ルフィウスが命じる。

「嘘をつけっ！」

スレードはキンキン声で、カレンの耳元で喚いた。

「おっ、お前は、同じ王家の血を引く者でありながら、なにを考えているのかさっぱりわからん異端児だ！　こんな奴隷にのぼせ、貴族社会を崩壊させようとしている。先王の弟として、看過できぬ！」

「叔父上。もう一度だけ言う。……カレンを、離せ」

ルフィウスが激怒している内心を、必死に抑えていることがカレンにはわかった。

精悍な顔には表情というものがなく、目ばかり怖いほどに光っている。

しかしスレードは、強情だった。

「……お前がそうまで頑《かたく》なに先王の意思を継がぬと言うのなら、この国は終わったも同然。……もはや、逃げる気力も失《う》せた」

スレードは、背後からカレンの首を抱える腕に力を加える。

「つう……く」

無表情だったルフィウスの眉が、わずかに顰められた。

「離せと言っているのだ、聞こえんのか！」

「かくなるうえは叔父としての責務として、血迷わせた元凶を始末してやる！」

二人がほとんど同時に叫んだ瞬間、カレンの頭上で何かが一閃《いっせん》した。

「つわあああ！」

ガランと短剣が床に落ち、スレードは両手で顔を押さえて悲鳴を上げる。

「カレン、無事か！」

喉を強く圧迫されていたカレンは激しく咳き込み、何が起きたのかよくわからないまま、温かで大きな胸に、しっかりと抱きしめられる。

わあっ、と堰《せき》を切ったようにドアから入ってきたルフィウスの配下たちが、捕縛のためスレードに群がった。

「目が、目が見えぬ！　おのれルフィウス、貴様はなんと、残忍なことをするのだ！」

どうやらスレードは、ルフィウスによってざっくりと両目を斬られたらしい。

カレンをしっかりと胸に抱いたまま、ルフィウスは不敵に言った。

「すぐにカレンを離せば、手荒な真似はしなかったものを。……引っ立てろ！　正式な処罰は、追って沙汰《さた》する」

配下の者に言うと、ルフィウスは軽々とカレンを横抱きにした。

「明るいところでよく状態を見せろ。どこも怪我をしていないだろうな」

「だ、大丈夫です！　それより、あの、たくさん兵士の人たちが見てるので」

「見ているからなんだ。……なんということだ、喉だけでなく、あちこち出血しているではないか。すぐに医師団に治療させなくては！」

「喉？　平気です、ちくっとしただけだから！」

「なにを言う、ばい菌が入ったらどうする！」

これくらいの切り傷は、奴隷としてこき使われているときには水で洗って放っておいたのに、とカレンは思うが、それだけルフィウスが自分を大切にしてくれているのだと嬉しかった。

「……ルフィウス」

カレンは腕を、ルフィウスの首に回す。

そうして懐かしくさえ感じる愛しいルフィウスの匂いを、胸いっぱいに吸い込んだ。

「助けに来てくれて、嬉しかったです」

けれどルフィウスは、辛そうな顔で言う。

「いや。助けが必要になる状況を作ったのは、私の落ち度だ。お前が無事でなければ、私は自分を許せなかった」

「なぜですか。ルフィウスは、なにも悪くないのに」

「落ち着いたら、すべて話そう。今はまず、身体を第一に考えなくては」

ルフィウスはそう言うと、待機させていた小型の馬車にカレンを乗せる。

そして自分も一緒に乗ると、御者に王宮医師団の元へ急ぐよう告げた。

(ルフィウスの心の中までは、わからないけれど。……とにかく、今だけは……俺はこの人の胸の中で、甘えていていいんだ)

カレンは馬車の座席で、ルフィウスの腕に抱かれながら、再びそのぬくもりに包まれたことに喜びを感じていたのだった。

◆◆◆

王宮医師団の見立ての結果、幸いカレンに大きな怪我はなかった。

安堵したものの、あちこちに打撲や切り傷を負っているし、精神的な衝撃のせいか熱を出してしまった。

カレンをベッドで休ませたルフィウスは、その身体を心配しつつも、まずは反逆者たちの処分を決めなくてはならなかった。

書斎に戻ったルフィウスは、日ごろ宮廷の中で諜報《ちょうほう》専門に動いている配下と、兵士たちからの報告をまとめた話を、ライリーから聞く。

その緑の瞳には、カレンを危険な目に遭わせてしまったことへの後悔と、反逆者一味に対する憤りが滲んでいた。

ライリーは机の前に立ち、いつもの冷静な顔と声で淡々と告げる。

「スレード伯爵の背後にいたのは、リドリア公爵で間違いなさそうです。もともと、さほど親しくはなかったようですが、スレード伯爵の娘が先日まで……姉妹で後宮におりました」

「なるほど。志願して後宮にいた者たちだな」

「はい。姉のほうは、先王、ルフィウス様の父上のお手つきだったそうですから、かなり贅沢な暮らしをしていたようです。居住権を主張し、最後まで退去を拒んでおりました」

ふん、とルフィウスは呆れたように鼻を鳴らした。

「俺が父上と決闘をしなければ、あわよくばいずれは国母となる可能性もあったわけか」

「はい。そうなれば、自分の宮廷内での地位も上がる。スレード伯爵の期待も大きかったでしょう」

「その分、さぞ私が憎らしかっただろうな」

納得しているルフィウスに、ライリーは話を進めた。

「次に、リドリア公爵ですが。奴隷によって領地の農地開拓を進め、限界まで安く収穫した作物を、密かに陸路で隣国に売ることで、相当の私財を貯めこんでいたと思われます」

「私に奴隷制度を廃止されれば、懐が寂しくなるというわけか。そして、スレードと利害が一致し、手を組んだ」

「どうやら他にも数人の貴族が、同じく利害の一致で徒党を組んでいるものと思われます。また、スレードがやったように、買収された兵士もいるとか」

「すべて名前はわかっているのか？」

尋ねると、ライリーは静かにうなずいた。

「名簿はできております」

「では、今夜の騒ぎが知れ渡って逃げられる前に、全員拘束しろ。裁判は近日中に行うが、判決は決まっている」

ルフィウスは残酷王と呼ばれるに相応しい、氷のように冷たい目つきで、ライリーに告げた。

「実際に動いたものは投獄。企《たくら》みに加担したものは追放。彼らに連なる血族は貴族の称号をはく奪し、衛兵の監視のもとに置け」

ライリーは、御意、と静かに応じるのみだった。


「だから、言ったでしょ？　こんなの、かすり傷ですってば」

医師団たちはカレンの傷を消毒し、軟膏《なんこう》を塗って包帯を巻いたが、間もなく治ると告げられた。

ただ、精神的なショックのせいか、カレンは熱を出してしまっている。

自室で休ませるよう指示し、カレンを連れてきたルフィウスだったが、その姿が痛ましくてたまらなかった。

カレンの白い顔にはまだ血の気がないし、瞳は熱で潤んでいる。

ルフィウスはカレンを自分のベッドに横たえ、自分はその枕元に用意させた椅子に座っていた。

落ち着けるようわずかな明かりだけを灯《とも》した室内で、至近距離でカレンの瞳をじっと見つめながら、ルフィウスは懺悔《ざんげ》の言葉を口にした。

「――カレン。この私を、許して欲しい」

「はい？　なにを言ってるんですか？」

首をかしげたカレンは、ルフィウスが深々と頭を下げたことに、びっくりしているようだ。

ルフィウスは俯いたまま、絞り出すような声で言う。

「私は、お前が襲われることを知っていた」

「……えっ？」

無邪気にきょとんとした顔に、ルフィウスは神妙な表情で告げる。

「宮廷内の、奴隷制度の廃止を快く思わない者が、なにかと水面下で画策している情報を私はつかんでいた。その一派が大きくなり、本格的に妨害工作を始める前に彼らをあぶり出す必要があったのだ」

聡明なカレンは、すぐに察したらしかった。

「つまり、俺を囮《おとり》にして、陰でルフィウスに悪いことをしようとしていた連中を、おびき出したわけですね？」

「……そういうことだ」

ルフィウスは、神を前にした重罪人のように顔を歪ませる。

「もちろん、あらかじめライリーと打ち合わせをし、すぐにお前を保護できる手筈《てはず》を立てていたのだが。……しくじって、結果としてお前を危険な目に遭わせてしまった」

言ううちにルフィウスは、自らに対する怒りでわなわなと震え出した。

「ひどい失策だ。私は自分が許せん！　この無能な頭を、切り取って捨ててしまいたいくらいだ！」

頭を抱えるルフィウスに、カレンは慌てたように言った。

「いやいや、あのっ、とにかく頭を上げてください！　王様に頭を下げられるなんて、俺、恐縮しすぎてどうにかなっちゃいそうだから！　……それに」

なにか嫌な記憶が蘇ったかのように、カレンの声が急に辛そうなものになる。

「それに多分、俺がいきなり行き先を変えたから……だから、作戦の予定と違ってしまったんだと思います……。だから失敗したのは、俺にも責任があります」

「なんだと？　それはどういうことだ」

やっと顔を上げたルフィウスに、今度はカレンの表情が暗く曇っていく。

「その。つまり。……せっかくこうして拾ってもらえて、すごく俺は嬉しくて。でも……

ずっとこのままでは、いられないじゃないですか」

　カレンの言葉に、ルフィウスは意味がよく把握できず眉を寄せた。

「なぜだ。ずっとこのままで、なぜいけない」

「なぜって……」

　このままでは伝わらないと思ったのか、カレンは懸命に思いを声にする。

「だって、ルフィウスには……やっぱり、その……おっ、王女様が、お似合いだと、思うんです」

「王女?」

　どこの王女の話だ、とルフィウスは困惑したが、カレンは思いつめたような顔で続ける。

「はい。……ルフィウスが、奴隷制度を廃止してくれるのは、俺は凄くいいことだと思います。応援します。だけど……応援は、傍にいなくてもできるじゃないですか」

　言ううちに声は泣きそうな震えを帯びたが、カレンは両手をきつく握って、必死に唇を笑みの形にしながら続けた。

「俺は、ここで自由がどういうことか教えてもらえた。それだけでもう、十分すぎるくらいです。感謝してます。だけど」

　カレンは懸命に、涙を飲み込むようにして言う。

「だけど、凄く我儘だとは思いますけど……お、俺は、あなたと他の誰かが、結婚するのを見たくない」

「俺と、他の誰かが？」

こく、とカレンはうなずいた。

「それはとても、いいことのはずで、おめでたくて、貴族も庶民も国中が祝福することなんだと思いますけど、俺は……俺はイヤだ」

とうとう、ぽろっとカレンの瞳から涙が転がり落ちて、ルフィウスの胸がズキッと痛む。

「思ったことを言っていいと、あなたが教えてくれた。……だから言います！　俺は、あなたと他の誰かの幸せな家庭なんて見ていたくない！　俺だけが傍にいるのでなくちゃイヤなんです！」

「カレン……！」

どうやらカレンは、なにか誤解をしているらしい。

そう察したルフィウスは、複雑な気持ちで尋ねる。

「もしかして、嫉妬してくれているのか？　だとしたら嬉しいが、何度も口にした私の想いを信用してくれていないのであれば、それは心外だ。どちらなのだ、カレン」

すると白かったカレンの頬にサッと血の色が差す。

「だ、だって、お妃になるお姫様が、遠くの国からわざわざやってきたと聞いたので、……そうしたら俺は、傍にはいられないと思って。こんなによくしてもらったのに。なにも恩返しをしていないのに……」

聞き終えたルフィウスは、すべてを理解した。

「もしお前が言っているのが、セレイア王国のメリーダ王女なのだとしたら。それは、今回の反逆者の、企みの一環というだけだ。誤解するな」

「……え……？」

おそらくカレンは、王女がルフィウスに嫁ぐのだと勘違いして、身を引こうとしたのだろう。

けれどそれが辛い、悲しいと嘆くいじましさに、ルフィウスはたまらなくなった。

思わず毛布ごとカレンを抱き寄せ、頬ずりをする。

「カレン……！　俺にはお前だけだ。あの館で、枯れ枝のように痩せ細り、雨に打たれながらも生き生きとしていたお前の目を見た時から……この世には、お前とそれ以外のものしかいない」

「ル、ルフィウス……」

「だがそんなふうに言ってくれて、嬉しかったぞ。嫉妬というのは時に厄介だが、お前が感じてくれるならばむしろ心地よい」

言ってルフィウスは、カレンの顎に手をかけた。

くい、と上を向かせて優しく唇を吸ってから、嬉しさに潤んだカレンの瞳を見つめる。

「ますますお前が愛しくなった。一刻も早く、お前を正式に正妃の座につけたい」

「ええっ。だっ、だから、それは俺、やっぱり無理です！」

「ならば俺が他に、妃を娶ってもいいのか？」

「そ、それも、イヤです……！」

迷っているらしきカレンの額に、ルフィウスは額を押しつけてくる。

「──私はな、カレン」

低く真面目な口調で、ルフィウスは言った。

「この国をよくしたいと考えている。それは私の責務でもあるし、信念でもある。だが……お前が人質に取られたと聞いたとき、その命が助かるならば、王の座などいらぬと思った」

カレンはびっくりして、息をのむ。

「この世で一番大切なものを護れずに、王などと名乗る資格はない。お前がいれば、私は地位も国もいらないと」

「だっ、駄目です、ルフィウス！」

カレンは焦って、必死に言った。

「あなたが奴隷制度を廃止しなくては、これから先も苦しむ孤児たちが出てきます。ルフィウスが国を護らなくて、いったい誰が護るんですか！」

するとルフィウスは、穏やかな目で微笑んだ。

「そうだな。……では、覚悟を決めろ、カレン」

俺？　とカレンはルフィウスを上目遣いで見る。

「私はお前がいなければ、もう生きていけない身となってしまったのだ。であれば、国のため、奴隷制度の廃止のため、どうか私と人生を共にしてくれ」

熱を込めて囁くと、カレンはしばらくなんともいえない、感動したような面持ちでルフィウスを見つめていた。

そして弱々しい、けれどはっきりとした声で、はい、とうなずいたのだった。


捕らえられた反逆者たちの処分が、王立宮裁判所で正式に決定されると、宮廷内の空気が一気に変わったことが、ルフィウスにもわかった。

カレンが正式に国王の伴侶の座につくかもしれないことに反対していた者たちも、あのままなら反逆者一族が担ぐものが王妃に、ひいては自分たちの支配者になっていたかもしれないと不安を覚えたらしい。

それならば、異例づくめとはいえ直接自分たちに害を成すとは思われないカレンを支持したほうがいい、という流れになってきたのだ。

もちろんそれだけでなく、奴隷制度を廃止しても賃金の補助を国がすることで、労働力の減少には繋がらないこと、身寄りのない孤児に教育を施すことで、有能な国民に育てたほうが先々は国の利益になることなど、ルフィウスの政策が有益であるという情報を、ライリーが巧みな人海戦術で人々に拡散させたせいもある。さらには――。

「聞いていたことと、まったくお話が違うではありませんか！　わたくしは、ルフィウス様に嫁ぐため、はるばるやってまいりましたのに！」

貴賓室でそう言って泣いたのは、メリーダ王女だった。

メリーダ王女をそそのかしたリドリア公爵は、すでに国家反逆罪で牢獄《ろうごく》に収監されている。

代わりにライリーに対応させたが、その抗議は相当なものだったようだ。

無理もない。ぜひ結婚相手にとルフィウスの肖像画を送ってこられ、すっかりその気になって両親である国王夫妻も祝福し、豪華な花嫁衣裳《いしょう》まで用意していたというのだ。

「姉にも、親しいお友達にも、別れを告げてこの国に参ったのです。断られましたとおめおめ帰っては、わたくしの面目は、プライドはどうなるのです！」

なんの落ち度もない、嫁入り前の王女の評判に傷をつけたとあっては、外交問題になってもおかしくない。

「わたくし、会って間もないお方でしたけれども、すっかりルフィウス様に心を奪われておりましたのに。運命の出会いだと、信じておりましたのに……！」

そう言って泣かれても、ルフィウスのほうはまったくあずかり知らない話だったし、気持ちが動くはずもない。

ライリーは誠心誠意謝罪をし、あくまでもメリーダ王女のほうから振ったという体裁をとり、貿易でもセレイア国が有利になる契約を結んだ。

それでも納得しないメリーダ王女をなだめ、時には強気に出て、どうにか振り上げたこぶしを収めてもらったのだが、この結婚話に関わった貴族は国益を損なった罪ですべて減給、領地の没収などの処分の対象になった。

そうしてルフィウスは当初の計画どおり、反乱分子を一掃したのだった。

◆◆◆

「今夜は具合がよさそうだな、カレン」

カレンの熱がすっかり引いたのは、メリーダ王女が泣く泣く帰国し、公爵たちの処分もすべて決まった後だった。

あの事件の後からルフィウスは、カレンをずっと自分の部屋に置き、離さなかった。

毎晩同じベッドで眠っていたのだが、カレンの体調が完全によくなるまではと、ただひたすら優しく抱きしめて髪を撫で、静かに眠るだけだった。

(俺はもう、なにをされてもよかったのに)

一度、カレンのほうからキスをねだったが、口づけは深くなることはなかった。

ただし、まったくルフィウスが欲情していなかったかというと、そんなことはない。

ルフィウスの身体が熱を持っていたのがカレンにも伝わったし、それどころか毛布を引きちぎる勢いで抱きしめ、牛でも絞め殺すような形相で悶絶《もんぜつ》していたこともある。

(それでもルフィウスは、俺の身体を案じて我慢してくれていたんだ。……大事に、大切に思ってくれていた……)

この日はルフィウスの言うように、もうすっかり体調の回復したカレンはソファで読書をしながら、ルフィウスが公務から戻るのを待っていた。

「はい。食事も三度、ちゃんと食べました。夕飯は一緒にと思っていたけれど、遅くなるから先に済ませるよう、聞いていたので」

「うん。顔色もいい。お前はますます綺麗になっていくな」

「えっ。いや、綺麗っていうのは、なんか違うと思いますけど」

言われ慣れない言葉に、カレンは真っ赤になってしまう。

けれど、スレードの事件で体調を崩したものの、奴隷でいたころと比べて、肌は透き通るように白く滑らかになり、髪も艶々しているのが自分でもわかる。

栄養のある食事のおかげで、細すぎた手足には薄いが筋肉がつき、頬もふっくらしてきていた。

「ルフィウスは、夕飯は食べたんですか?」

「ああ。会議の総括をしながら、ライリーと済ませた。……入浴はまだだ。カレンもか?」

はい、とうなずくと、ルフィウスは嬉しそうに微笑んだ。


「おっ、俺が洗います! ルフィウスは、いつもは女官たちに洗わせていたじゃないですか! 王族ってそういうものなんでしょう?」

あまりにも広い、小舟を浮かべられそうな浴槽のある風呂場に、ルフィウスは世話係の女官たちを断って、カレンとふたりだけで入っていた。

そして本来ならルフィウスが座るべき、滑らかな石でできた椅子にカレンを座らせ、手足をせっせと洗ってくれている。

「そういうものかどうかは知らないが、私は自分のすべきことをする。今の私のやるべきことは、カレンの身体を磨くことだ。……どこか痒《かゆ》いところはないか?」

「な、ないです。……そこ、も、もういいです」

ルフィウスは座っているカレンの正面に跪《ひざまず》き、足のつま先から腿の内側まで、泡の立つスポンジ状の植物で、丁寧に洗ってくれているのだが。

執拗《しつよう》に内腿を撫でられ、足のつけ根に触れられて、カレンは反応しないように必死だった。

ぬるぬるとした液体が、局部を滑り、刺激してくる。

あっ、と思わず甘い声が出てしまったときには、もう遅かった。

「……気持ちいいか、カレン」

「っあ、だっ、駄目……っ！」

ルフィウスはもうスポンジは使わず、指でカレンのものに直接触れてきた。

下からしごかれ、先端をくるくると撫でられて、カレンのものは完全に硬さと熱を持ってしまう。

「あのっ、お、俺……こんな、つもりじゃ……」

うろたえながら、足の間に座っているルフィウスを見ると、こちらを情欲に潤んだ目で見つめている。

恥ずかしく屹立してしまった自身も目に入り、カレンの呼吸は我知らず荒くなっていく。

カレンは震える手で、局部を弄るルフィウスの指をどけようとするが、泡で滑ってどうにもならない。

「は、離して……っ、お、俺、もう……っ！」

目の前が、白く光った。びくびくっ、とカレンの身体が痙攣《けいれん》する。

(こんなに目の前で。全部、見られてた……)

カレンは恥ずかしさにきつく目を閉じ、はあはあと肩で息をした。

「カレン、立てるか」

その耳に、優しいルフィウスの声がする。

身体がふわりと浮いてから、足が床の大理石に着いた。

「また汚れてしまったな」

「ご……ごめんなさい……」

「謝ることはない。とても可愛かった……」

満足そうにルフィウスは言い、ふらふらして足元のおぼつかないカレンを、神殿にあるような太く大きな石の柱に向かい合わせるようにして、手をつかせて立たせる。

「カレン……どこもかしこも、すべて私のものだ。決して誰にも触れさせない……お前の身体は、この先ずっと私が洗おう」

「ええ……っ？　ん、あ……っ！」

ルフィウスは背後から、カレンに身体に触れてきた。

泡がついたままのぬるついた手で、全身の肉や骨の形を確認していくかのように、じっくりと丁寧に触れていく。

「や……あ、あ……っ、そ、そんなに……したら……っ」

また自身が熱を持ってしまう。カレンは唇をわななかせた。

胸の突起を弄られると、痛みに混じって甘い痺れが走る。そうしながらルフィウスは、カレンのうなじから肩甲骨に、舌を滑らせていく。

「はあっ、は……っ、あ」

広い浴場は、天井も高くドーム型になっている。

そのため音が反響し、自分の淫らな喘ぎ声も、くちゅ、ぴちゃ、といういやらしい愛撫の音も、すべてが何倍にも大きくなってカレンの耳に入ってきた。

(こんなにいやらしいと、嫌われてしまうかも)

そう考えて必死に我慢するのだが、駄目だと思えば思うほど、カレンの身体は熱を帯び、声にも甘さが出てしまう。

「んうっ、ん……っ！」

尻の間にぬるりとルフィウスの指が触れてきて、カレンはびくっとなった。

「カレン。嫌か？　具合が悪くなったり、していないか？」

ルフィウスの声は、明らかに興奮を押し隠していた。

けれど今ここで、体調が悪いからやめてと頼めば、即座に従ってくれるという確信をカレンは持っている。

そう思えるほどこれまでルフィウスは優しく、カレンを大切に扱ってくれていた。

「い……嫌じゃ、ないです」

カレンは与えられ続ける愛撫に息を切らし、上ずった声で言う。

「ルフィウスが……欲しい……っああ！」

恥じらいながらもねだると、ルフィウスの中指の先が、ぬうっ、と挿入されてきた。

「……っは、っあ……っああ」

「肉がついてきて、ますますなまめかしくなったが……まだ細い腰だ。……丁寧にしないと、壊してしまう」

耳元で、熱い息とともにルフィウスは言う。

「んっ、んん……あっ、そこ……っ」

体内を指で優しく抉られ、カレンは柱にすがるようにして身もだえる。

「う、あっ、ああっ！」

ルフィウスの指が二本になると、カレンの足はがくがくと震え始めて、力が入らなくなってしまった。

「カレン……痛くないな？」

言いながらルフィウスは、もう片方の手でカレン自身に触れてくる。

「あう、ん……っ！」

泡のせいでぬるついているのか、自身からの先走りなのかはわからない。

いずれにしてもカレンのものは、ルフィウスの巧みな指使いで愛撫され、粘液質のいやらしい音を立てた。

「まっ……また、出ちゃ、う……っ」

涙混じりの声で言うと、挿入されていた指がゆっくりと引き出され、カレンはぶるりと身震いをする。

次いで、十分に解《ほぐ》れていると判断したルフィウスの太いものが容赦なく、ぬうっ、と入ってきた。

「――っひ、あっ、ああああ！」

挿入される違和感と同時に、激しい快感がカレンを襲う。

「やっ、あっ、ああっ！」

体内に硬いものを埋め込まれながら、カレンは再び達してしまっていた。

「――っ！　―っ！」

その間にも、ルフィウスは深く浅く腰を使い始める。

「待っ……ああっ、あ！」

ぱたぱたと、床に白い液体をこぼしながら、カレンはあまりに激しい快楽に咽び泣いた。

もう身体にはほとんど力が入らず、背後からルフィウスが抱えていなければ、膝から崩れ落ちてしまっていただろう。

しかし深々と貫かれているカレンは、倒れることすら許されない。

「お前の中は、心地よくて、熱くて……とろけそうだ」

興奮にたかぶった声で、ルフィウスが言う。

自分の身体で感じてくれていることが嬉しい半面、カレンは激しすぎる快感に翻弄され、朦朧《もうろう》となっていた。

「駄目……っ、もう、駄目……ぇ」

唇の端から唾液がこぼれているのがわかるが、拭うことすらできない。

ゆらゆらと揺れている自身は、完全にうなだれたわけではなく、まだ先端から糸を引いてしずくをこぼしていた。

浴室の湯気と痺れるような甘い快楽にぼうっとしつつ、カレンは喘ぎながらうわごとのように言う。

「す……好き。好きです、ルフィウス……っ」

するとそれに呼応するように、体内のルフィウスのものが、ぐぐっと大きさを増した。

「カレン。私もだ、カレン。……愛している。この生涯で、ただひとり、お前だけを……！」

荒い呼吸をつきながら、絞り出すような声でルフィウスが言う。

と同時に、熱いものがカレンの中にどっと注がれたのだった。

「……また無茶をさせてしまったかな」

ちゃぷ、と湯の中でカレンを抱きしめながら、ルフィウスは優しく囁く。

ことが済んだ後、ぐったりとしたカレンをルフィウスは綺麗に洗ってくれた。

それから、浴室内に備えつけの籐《とう》の長椅子で休み、冷たい飲みものを飲むとようやく意識がはっきりした。

大量の花びらを浮かべた湯の中に、ルフィウスと向き合って浸かっていると、なんともいえない幸福感で胸がいっぱいになってくる。

「大丈夫。少し、慣れてきました」

カレンが言うと、そうか、とルフィウスは安心したようにうなずいた。

「まだまだ細いが、身体にも、肉がついてきたからな。体力もついてきたんだろう」

「美味しいものを、たくさん食べていますから」

「肌も目の輝きも生き生きとして、お前は本当に……綺麗だ」

ルフィウスは、濡れて張りついていたカレンの前髪をかき上げる。

カレンは真面目な顔で言う。

「ルフィウスほどじゃありません」

うん？　という顔をするルフィウスに、カレンは真剣に言った。

「俺は最初に見たときから、彫刻みたいでなんて綺麗な男の人だろう、と思ったんです。目の色も、髪も鼻も唇も……」

褒めるとルフィウスの顔はどんどん険しいものになっていき、その上赤くなっていくので、ひどく怒っているように見える。

やっぱりこの顔も素敵だ、とカレンは思ったのだが。

「あのう。またお願いしたいことが、ひとつ増えてしまったんですが。叶えてもらえますか」

「もちろんだ！　なんでも言ってみろ」

鬼の形相で請け合うルフィウスに、カレンは微笑む。

「俺はあなたの、その怖く見える顔がとても好きです。きりっとして、眉間のしわも男らしくて。だけど正直……一度でいいから、ルフィウスの笑った顔も見てみたいです」

うん？　とルフィウスはしばし考え込む。

「わかった。なにぶん不慣れで、お前を満足させられるかはわからないが、やってみよう」

ルフィウスはとまどった様子で、自分の指で口角を上げたり下げたりし、ぎこちなく歯を見せた。

「……どうだ？」

無理やりな笑顔に、カレンは思わず吹き出してしまう。

「ご、ごめんなさい。だって、あんまり不自然で……」

ひとしきり笑ったカレンを、ルフィウスは穏やかな目で見つめていた。

「カレン。私の分まで、お前が笑えばいい。お前が笑顔で暮らすためならば、私はどんな労苦も厭わない」

「ルフィウス……」

「この目も髪も、すべてお前のものだ。それをよく覚えておけ」

カレンはようやく平常になっていた自分の頬が、再び熱を持つのを感じる。

「俺も……俺も、ルフィウスのものです。あなたは、俺を自由にしてくれたけれど。同時に俺は、あなたに縛られてしまった」

「それは、俺も同じだ」

ルフィウスは額を、カレンの額に押しつけてくる。

それから互いが相手の背中に手を伸ばし、きつく抱きしめ合った。

◆◆◆

「我が国を守護する神と精霊の御前にて、ここにいるカレンは正式に、国王ルフィウスの正式な妃となる。異を唱えたい者あらば、今ここで名乗り出よ！」

カレンがスレードの拉致から救出された一か月後。

王宮に隣接する大聖堂において、ルフィウスとカレンの結婚式が執り行われた。

石造りの高い舞台の上に、玉座と並んで正妃の椅子がある。

ドーム型の大きな天井には、列席して居並ぶ家臣たちに花々を降り注ぐような神々の姿が描かれていた。

また、四方にはそれぞれの方角を司る神獣の巨大な彫刻の、外敵を威嚇するような重々しい姿がある。

あまり華美にしないで欲しい、というカレンの願いで衣裳はシンプルな純白のものだったが、それは最高級の絹で仕立てられており、襟や袖口には銀糸の模様とともに、真珠がいくつか縫い留められていた。

ルフィウスも同じく純白の装いで、カレンと対になっている。

その肩には素晴らしく凝った金糸と銀糸で国の紋章が描かれた、分厚く豪華なマントが留めつけられていて、威厳と風格を醸し出していた。

（ルフィウスには、とても似合うけど。俺はなんだか、頭が重くて眩しくて、くらくらしてきそう……）

カレンがそう思って見上げたのは、ルフィウスの頭に載っている王冠だ。どっしりと重い黄金の冠には、卵ほどの大きさのエメラルドを中心に、ぎっしりとダイヤモンドが飾られている。

カレンの正妃の冠は一回り小さなもので、こちらは紅玉を中心に虹色に輝くオパールが、光の渦のように嵌《は》め込まれていた。

今回の挙式を取り仕切っている大司祭が、ふたりの背後からゆっくりと歩み寄ってくる。

そしてしわがれた、重々しい声で言った。

「——陛下。こちらを」

大司祭が捧げ持つ銀の盆の上には、絹張りのクッションが置かれ、繊細な彫金細工が施された小箱が載せられていた。

ルフィウスはうなずいて小箱を取り、蓋を開けて観衆のほうに中身を示す。

おお、という溜息のような感嘆が、彼らの口から漏れた。

カレンは目を丸くして、小箱の中を見る。

そこには対になったグリーンガーネットの指輪が収められていて、黄金の土台の内側には、王家の紋章が彫り込まれていた。

その指輪をルフィウスは、ひとつは自分に、もうひとつをカレンの手を取って、ゆっくりと薬指に嵌めていく。

それが終わると、大司祭は鈴のついた杖《つえ》を振り、神託を告げるように言う。

「これにて、おふた方は代々の王家と神の認めし伴侶。王と国とに、末永く幸あらんことを」

そう宣言しても、居並ぶ大貴族や高位の将官たちは、すでにライリーの手腕でカレンの出自や奴隷制度の廃止について知っているためか、動揺した様子はない。

拍手が起こり、おめでとうございます、我が国に幸あれ、という行儀のよい声があちこちから聞こえた。

むしろ、リドリアやスレードの一派に組していると思われたら、自分たちまで謀反に加担していると判断されるのを恐れている者が多いのかもしれない。そのためルフィウスとカレンの結婚に、否定的な声は一切聞こえてこなかった。

それでも、元奴隷という出自のカレンを、値踏みするような目で検分している者は少なくない。

羽根の扇を優雅に操りながら、貴婦人たちは小声で囁き合っていた。

「いったいどのような御方かと、想像をたくましくしておりましたけれど。まさか、あのようにお美しいとは……」

「見目麗しいだけでなく、大変に賢いとうかがいましたわ。もう、王立図書館秘蔵の本を、あらかた読破されてしまったとか」

「まあ。あそこの蔵書は、古代語で書かれたものも多いそうですわよ」

「どのような出自でも、教育次第で王侯貴族と変わらぬようになる、というルフィウス陛下のお考えを、体現されたような方ですわね……」

ひとくおり、大司祭による儀式が済むと、ルフィウスは舞台袖のほうに手を上げて合図を送った。

すると、髪に花輪を飾り、ふわふわとした妖精のような衣装を着た子供たちが、花かごを持って走ってくる。

聖堂内はざわめいたが、それは可愛らしい姿に対する歓声によるものだった。

「おうさま、おめえとう、ございます」

「よかったねえ、カレン。おうさま、すきなんでしょ？」

「そいで、ずっと、ずっと、みんないっしょにいるんだよね」

子供たちは口々に言いながら、白い花びらを舞台に撒《ま》く。

少し大きな子供はかしこまった様子で、カレンとルフィウスに恭しく花束を差し出した。

ありがとう、とカレンは感謝を口にし、その目に涙が滲む。

（みんなほっぺたを、艶々のバラ色にして。手も足も、ふっくらしてる。土気色の顔をして、ガリガリに痩せ細って、今にも空腹で倒れてしまいそうな子たちだったのに……雑草でもいいから、なにか口に入れたい、それだけで頭がいっぱいだったはずの子たちが、俺

の幸せを祝福してくれている……）

子供たちがこんなふうになれたのも、すべてはルフィウスのおかげだ。

感動に潤んだ目でルフィウスを見つめると、目を細くして子供たちを見つめていた緑の瞳が、こちらに向けられる。

「この楽しそうな子供たちが、日に日に元気に健やかに育つのを見るたびに、私は正しかったのだと思わされる」

「はい。あなたは正しいです、ルフィウス」

カレンはルフィウスを見つめ、うなずいた。

でも、とその耳に、囁くようにして続ける。

「間違っていても。なにがこれから起こっても。俺はあなたに身を捧げることを、絶対に後悔しません」

するとルフィウスは、驚いたようにこちらを見た。

そして、肩をすくめる。

「お前は間違っているぞ、カレン」

「――え？」

きょとんとしたカレンに、ルフィウスは初めて見せる、美しい笑顔を見せた。

「私は自分のすべてをこの国と……そしてお前に捧げる覚悟をしている。私のほうが、とっくにお前にとらわれた虜囚なのだ。……覚えておけ」

そう言ってルフィウスは、カレンを優しく抱き寄せて、顔を寄せてくる。

カレンは自分に自由を与えてくれ、それでいて決して逃れたくない存在になったルフィウスの腕の中で、満ち足りた気持ちで口づけを受けたのだった。

あとがき

こんにちは、朝香りくです。

今回は、ファンタジー世界を書かせていただきました。

私の大好きなBLヤクザさんもある意味ファンタジーなのですが、王様が出てくるような世界観だとこれはこれで、自由度が高くて楽しいです。

料理とかデザートも、頭の中に思い浮かべて想像しながら、美味しそうだなあ思いつつ書いてます。

いつか好きなもの両方を合体させた極道ファンタジーも書いてみたいのですが、なかなか広く需要がありそうなプロットが作れません（笑）。

個人的にこっそり趣味として書いてみるのはアリかもしれないですね（笑）。

今作は、みずかねりょう先生が、イラストを描いてくださいました！

麗しく美しいカバーで私の作品を包んでいただけるなんて、本当に光栄です！
中身はちょっとお茶目なところのある国王様ですが、威厳を持って格好よく、そして
カレンは可愛らしい姿にしていただいて、ふたりとも本当によかったねえ……！　とし
みじみ思います。みずかね先生、ありがとうございました！

今年も無事に本が出せて、ありがたいことです。いつも出版に関わってくださってい
るすべての皆様に、ひたすら感謝しております。
そして手に取ってくださった読者様、ありがとうございました！
また別のお話でお会いできたら嬉しいです。

二〇二四年二月　朝香りく

本作品は書き下ろしです

朝香りく先生、みずかねりょう先生へのお便り、
本作品に関するご意見、ご感想などは
〒101-8405
東京都千代田区神田三崎町2-18-11
二見書房　シャレード文庫
「最恐顔の国王は元奴隷を花嫁にしたい！」係まで。

CHARADE BUNKO

最恐顔《さいきょうがお》の国王《こくおう》は元奴隷《もとどれい》を花嫁《はなよめ》にしたい！

2024年3月20日　初版発行

【著者】朝香《あさか》りく

【発行所】株式会社二見書房
東京都千代田区神田三崎町2-18-11
電話　03(3515)2311[営業]
　　　03(3515)2313[編集]
振替　00170-4-2639
【印刷】株式会社 堀内印刷所
【製本】株式会社 村上製本所

落丁・乱丁本はお取り替えいたします。
定価は、カバーに表示してあります。

ISBN978-4-576-24009-1

https://charade.futami.co.jp/

CHARADE BUNKO

今すぐ読みたいラブがある!

朝香りくの本

きみに尽くすことが、心地よくて仕方ない

不器用社長の一途すぎる保護生活

～こちら、猫ではありません～

イラスト＝高城たくみ

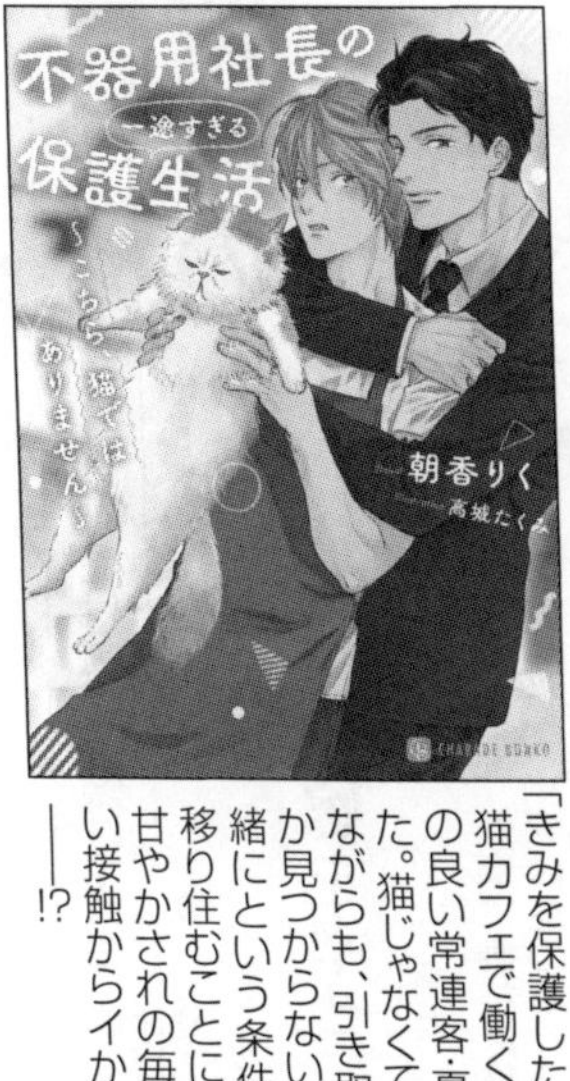

「きみを保護したいんだ!」保護猫カフェで働く霧也は、身なりの良い常連客・夏彦に告げられた。猫じゃなくて、俺!? 困惑しながらも、引き取り手がなかなか見つからないブサ猫ポテも一緒にという条件で夏彦の家に移り住むことに。極上の庇護と甘やかされの毎日の中、きわどい接触からイかされてしまって――!?

CHARADE BUNKO

今すぐ読みたいラブがある!

朝香りくの本

意地を張るな。俺の前では素直に甘えろ。

運命のもふもふ ~白虎王は花嫁を幸せにしたい~

イラスト=秋吉しま

仕事に疲れた静奈が目覚めたのは虎の耳と尾を持つ民族が暮らす異世界だった⁉　国王であるラドの窮地を救った英雄として扱われ、さらには強引にラドに抱かれそのまま伴侶にされてしまった！　元の世界に帰らなければいけない責任感と、ラドと一緒にいたい気持ちの板挟みになって悩む静奈だったが……。